3
Author
道造
Illustrator
めろん22
貞操逆転世界の童貞辺境領主騎士
Virgin Knight
who is the Frontier Lord in the Gender Switched World

アンハルト王国 第一王女
アナスタシア
「ファウストの童貞は私が貰うから」
「二番目は私だからね」
アスターテ公爵
ゲオルギーネ

アンハルト王国 第二王女
ヴァリエール
「親が娘より先に味見しても――」
アンハルト王国 女王
リーゼンロッテ

「止めよ！
この場をなんと心得ている！」

ポリドロ領 封建領主騎士
ファウスト
「我が誓いを神に」
「ザビーネたち、
動いて!!」

「征西の準備を整えよ。
西の果てまで行くのだ」
遊牧騎馬民族の長
トクトア

トクトアの娘
セオラ
「母上は、人の気持ちが判らない」

Virgin Knight who is the Frontier Lord in the Gender Switched World

貞操逆転世界の童貞辺境領主騎士

3

Virgin Knight
who is the Frontier Lord
in the Gender Switched World

Author
道造
Illustrator
めろん22

イラスト／めろん22

プロローグ　マリアンヌのゲッシュ

こんな夢を見た。

過酷な訓練で疲労困憊《こんぱい》になって、仰向《あおむ》けに倒れている。

倒れているのは、幼い頃の私であった。

柔らかな芝生が頬を撫《な》でてくれていた。

横では母上であるマリアンヌが座っている。

母は優し気な顔で私を見ており、短く刈り込んでいる髪などを撫でてくれては静かな声で云《い》う。

「ゲッシュという言葉を知っている？　ファウスト」

前世で聞いた覚えはある。

「禁忌《タブー》」を意味するアイルランド語である。

ケルト神話で出てくるクー・フーリンやディルムッド、彼ら英雄がそれを誓ったばかりに悲劇的な結末を辿《たど》るのだ。

クー・フーリンはゲッシュを破った際に半身が痺《しび》れ、まともに戦えなくなった。

ディルムッドはゲッシュを破れなかったばかりに、助かるはずの命を取り零《こぼ》した。

私ならあんなもの誓わぬ。

4

あれは愚か者の所業だ。

「ゲッシュは騎士の宿命。ドルイドを自覚する司祭と、英傑と呼べる騎士の二人がいれば、ゲッシュを神に誓えるそうよ。貴方《あなた》ならば将来大人になって、英傑と呼ばれるようになった際に誓えるのかもね」

誓わぬと言うのに。

そう返事をしようとするが、口が開かぬ。

疲れているのだ。

それに所詮は夢だ。

私に口を利くことは許されていないのだろう。

「今では禁忌として、誰も誓わないけれど。そりゃそうよね、誰がわざわざ不利を背負うものですか。あんな呪いなんて、英傑を部下に持った主君すらも絶対に許そうとしない」

そりゃそうだ。

わざわざ弱点を作る必要などあるまいに。

「でもね、ファウスト。本来、ゲッシュなんてものは誓うものですらなく、もっと古い時代には生まれた時から英傑に宿命づけられた定めであったそうよ。生まれた時から、そう決まっているの」

なんだそれは。

それでは、避けようがないではないか。

そう答えようとするが、やはり声は出ぬ。

「ねえ、ファウスト。私はね」

母は、私の返事を待つこともなく喋《しゃべ》り続けている。

「貴方の生誕こそが、私が貴方を英傑として育てることが。私という、英傑にも至れぬなんというか、ただの貧しい荘園《しょうえん》領主の騎士にすぎない母親にとってのゲッシュだったと思うのよ」

喋っている内容は、要領を得ない。

「貴方が見事立派な騎士と成った後ならば、もう死んでしまっても構わないの。それが私のゲッシュよ。きっと、そういう運命の下に生まれてきたのよ。だから、私が死んでも悲しまなくていいのよ」

彼女が何を言いたかったのか。

何もかもを理解したのは、彼女が死んだ後のことだ。

私の母上が死んだ後のことだ。

病弱な母上が、枯れ木のように朽ち果てて。

髪の色艶を失い、その瞳の光沢が私の姿すらも真面《まとも》に映さなくなってからのことだ。


また、こんな夢を見た。

病弱で、枯れ木のように身体が痩せほそっている。

ひとさじのスープすらもついに口にすることが出来なくなり、死ぬのを待つばかりの母だった。

何事か、呻《うめ》くように私への謝罪らしき言葉を口にする母上マリアンヌのことだ。

私は立派な騎士と成り、枯れ木のような指を握っている。

私の樫《かし》の木のように固くなった指を握り、何事かを叫んでいるようであったが。

何を言うているのかわからぬ。

母上は何事かの謝罪を口にしているのはわかるが、何の事かわからぬのだ。

母マリアンヌはもう、まともに言葉すら喋ることが出来ぬ。

うわごとのように口にする『御免なさい、ファウスト』という言葉に何の意味が含まれているのかわからぬ。

立派な騎士に私を育ててくれた母が、何を謝罪しているのかわからぬのだ。

死の間際まで、人に謝るなど一度として見たことがない母上であった。

涙は出てくる。

涙は出てくるのだ。

なれど、母を慰める言葉などひとつとして出てこぬ。

これは夢だが事実であり、私は母上の死を眼前として泣くことしかできなかったのだ。

私はなんということをしたのか。

自分の母を、今世での自分の母を後悔の中で死なせてしまった。

やってしまったことを、今では理解出来ている。

私は母上を、私を慈しんで育ててくれた母を後悔の中で死なせてしまった。

病んだ身体で、死に物狂いで私を育ててくれた母上を失意の中で死なせてしまったのだ。

もはや詫《わ》びることすらできぬ。

だから、だからこそ。

私は母の大事なもののためなら、ポリドロという名の領地領民のためならば何でもすると誓ったのだ。

ポリドロ領を守りきるためならば、どんなことをしてもよいと思っている。

もし我が領地に攻め入るものがいるとするならば、どんな手段を使ってでも食い止めなければならぬ。

子々孫々に受け継ぐべきポリドロ領を守るためなら、どんな責め苦を受けても耐えきれると思っている。

命すら捨ててもよいと決め込んでいるのだ。

それが私の。

ファウスト・フォン・ポリドロという名の騎士の禁忌《ゲッシュ》であった。

第46話　アンハルトの英傑

アンハルト国民の目に、ファウスト・フォン・ポリドロの姿は異形に映った。

背の高い男はいる。

基本、男は家事と育児を行うものとする見方が強いが、あえて信念をもって選んだ鍛冶師等の、職業柄筋骨隆々の男もいないわけではない。

それぞれ、それを好みとする女がアンハルト国内にいないわけでもなければ、特異な好みと蔑むほどでもなかった。

現に、アンハルト王国リーゼンロッテ女王陛下は、背の高い筋骨隆々の男であるロベルトを王配として選んでいる。

当時、貴族にも国民にも、何故《なぜ》あのような美しいとは言えない男を？

そういった疑念は持たれたが。

女王陛下はフェティシストなのだろうという感想で終わりであった。

ともかく、それ自体は個性として認められ、異常性癖と言われるほどではなかったのだ。

背の高さも、筋骨隆々の姿も。

ただ、両方を持ち合わせ、その通常の基準をあっさり超越する姿の男をその目にするのは、誰もが初めてであった。

身長2mオーバー、体重は130kgを超え、そのチェインメイル越しでもよくわかる隆々とした筋骨、それも特別製の鋼のような肉体を持った男の姿。

その男、領主騎士たる彼が乗る馬も巨軀《きょく》であった。

いくら軍馬、グレートホースと雖《いえど》も、その馬の平均的な体高はせいぜい1m50cmにも満たないのが殆《ほとん》どである。

だがポリドロ卿《きょう》の愛馬、フリューゲルの体高は2mをゆうに超えていた。

その愛馬に、身長2m超えのポリドロ卿が乗馬しているのである。

そして顔だけは拙《まず》くない、気高いとすらいっても過言ではないその顔で、その眼光は軍事階級にして、荘園領主としての鋭さを帯びていた。

話を最初に戻そう。

アンハルト国民の殆どが、そのファウスト・フォン・ポリドロの姿を異形と認識した。

紅顔の美少年を良しとする文化価値観から、とうてい美形とは呼べず、相容《あいい》れないものと判断したのである。

よって、ヴィレンドルフ戦役にて敵将クラウディア・フォン・レッケンベルを一騎打ちにて撃ち破り、その他多くの騎士を倒したことへの讃辞《さんじ》は送られず。

その個人武勇により第一戦功とみなされ、救国の英傑と呼んで何ら差し支えないポリドロ卿をヴィレンドルフ戦役における戦勝パレードにて、歓声を上げて祝福して出迎える事を誰もが戸惑った。

戸惑いは躊躇《ためら》いであり、同時に侮蔑を招いた。

その侮蔑は、時に酒場で女たちからの陰口を招いた。

『あのような男だてらの「騎士もどき」が英傑とはな』と口にしてしまった。

その悪態に対し突如、周囲のテーブルに座っていた女が立ち上がり、その陰口を叩《たた》いた女の面《つら》を殴り倒すこともあるのだ。

その倒れた身体《からだ》を踏みつけ、さらに蹴りを鳩尾《みぞおち》に入れる。

「今、ポリドロ卿を侮辱したな？」

ヴィレンドルフ戦役帰りの兵、公爵軍に属する正規兵の女であった。

アンハルト王国軍、公爵軍５００、第一王女親衛隊30、ポリドロ領民兵20、合わせ５５０。

対してヴィレンドルフの正規兵は１０００を超えていた。

倍の軍を相手に回しての野戦であった。

公爵軍正規兵５００は、その腰まで泥沼に浸《つ》かった闘い、ヴィレンドルフ戦役にて３００まで数を減らしていた。

そんな中、最前線にて武の体現にして無双を誇るポリドロ卿の姿は何よりの救いであった。

この兵も、戦場にて命を拾われた一人であった。

「もう一度言おう。平民風情が、我らが英傑たるポリドロ卿を侮辱したな？　ここで死ぬかお前」

「衛兵、衛兵——!!」

酒場の女主人の叫びに、衛兵が駆けつけて危うく惨劇が回避される。

そんな事が数回起こった。

もっとも、その兵たちは牢屋《ろうや》に閉じ込められるどころか、上官に怒られる事すらなかった。

むしろ褒められ、即座に動いたことを称《たた》えられたのだ。

場所が酒場のため剣を有しておらず、止《とど》めを刺さなかった事だけは叱られたが。

対して、その陰口を叩いた女たちには罰が与えられ、しばらく牢に閉じ込められた上に罰金を科された。

地獄の戦場を共にした、アナスタシア第一王女とアスターテ公爵。

その戦友二人の存在が、ポリドロ卿への侮辱はその場で死に値する行為とみなすに至っていた。

むしろ、陰口を叩いた女への処罰が甘いとすら考えていた。

だが、これはポリドロ卿の評判にとっては救いではない。

いつしか、ポリドロ卿の事は箝口令《かんこうれい》のようになった。

表立って陰口を叩かれる事は無くなったが、褒め称えられることも特に無かった。

なれど、英傑詩だけは沢山謳《うた》われた。

おお、アンハルトの女たちよ、我の語るをお聞きください
ヴィレンドルフ戦役、そこで起きた男騎士の一騎討ちの話です
男はポリドロ領を所有する領主騎士にして、賢く勇敢で
第二王女ヴァリエールの相談役なるファウスト・フォン・ポリドロ
振り上げたる剣の重きは女も唸《うな》る怪力無双。駿馬《しゅんめ》を駈《か》り、戦場を侵すは猛火の如《ごと》し
味方が混乱した状況下、死地と化したその場にて素早く己《おの》が身を敵陣に投じた
彼《か》の男は熱狂者なり
雑兵を自らの剣にて薙《な》ぎ払い、領民僅か20名を率いてヴィレンドルフの騎士団50名に突貫せり
騎士9名を撃ち破り、雷風の如き弓矢を打ち払いて、辿《たど》り着いたは騎士団長レッケンベル
『クラウディア・フォン・レッケンベル』
ヴィレンドルフ史上最強の英傑騎士なり
相対して双方名乗りを上げ、打ち合うは何百合……

ポリドロ卿の英傑詩はアンハルト中の吟遊詩人に、男騎士にしてアンハルト王国最強、その題材の素晴らしさから一時流行になるほど謳われたが。

アンハルト国民のウケは、あまり良くなかった。

一時期は王国民の耳にタコが出来る程、そのレッケンベル騎士団長との一騎打ちが確かに謳われたが、アナスタシア第一王女とアスターテ公爵の英傑詩の方が人気を博した。

戦略ではアナスタシア、戦術ならばアスターテ。

誰もがそれを褒め称えた。

だが、そこに武勇ならばファウスト・フォン・ポリドロという、その名が挙がる事はなかった。

結論から言ってしまうとだ。

ポリドロ卿はある種の禁忌の存在として扱われるようになってしまった。

もっとも、その名が忘れられたわけではないが。

誰もが覚えていたし、マトモな頭を持つ人間の誰もが、それに対しての口を噤《つぐ》んでいた。

そして、ファウスト・フォン・ポリドロはその後も活躍し続けた。

最近では、第二王女相談役としての活躍が著しい。

ヴァリエール第二王女の初陣にて、敵兵100の内の半数以上を討ち破り、ヴィレンドルフに逃げ込もうとした売国奴たるカロリーヌを討ち果たした。

その活躍と同時に、その売国奴であるカロリーヌの娘であるマルティナの助命嘆願のため、リーゼンロッテ女王陛下、諸侯や上級法衣貴族を並べた満座の席で、頭を地面に擦《なす》り付けた。

平民たちは今まで口を噤んでいたのが、まるで嘘《うそ》であるかのように囀《さえず》りだした。

安酒場にて、お互いの意見を言い合う。

「あの男騎士、アレで可愛《かわい》いところがあるじゃないか。女顔負けの騎士とは雖《いえど》も、やはり男か。子供は殺せぬか」

「そもそも、助命嘆願とはいえ貴族たるものが頭を地に擦り付けるとはどうなのか。助けた相手は救いようもない売国奴の娘だぞ」

「そこが可愛いんじゃないか。戦場で幾百の首は刎《は》ねられても、子供の首だけは刎ねられぬというのが」

喧々囂々《けんけんごうごう》。

平民たちは、あの頭に焼き付いて離れない、異形の男の奇妙な英傑譚《たん》を口にした。

それについて、思いだすにつけては酒場の論争の一つとして挙げるようになった。

ポリドロ卿の行動への疑問はあっても、その誉れが正しいか否かであって。

そこに侮蔑は無かった。

貴族も同様であった。

「ポリドロ卿の気持ちは判《わか》らんでもない。9歳の賢い、将来ある子供の首を刎ねるのだぞ。誰だって嫌だろうに。何のために死刑執行人がいるのか」

「しかし、王命だぞ。まして当事者たるマルティナはそれを望んでいた。将来など無い。それを考えるなら首を刎ねてやることが、お互いの名誉というものではないのか。まして頭を地に擦り付けるなどと、自分だけでなく貴族としての名誉をなんと心得て……」

「ポリドロ卿はそのマルティナを騎士見習いとして引き取り、将来への責任もとっているではないか！　あの必死に頭を下げた姿を醜いなどというならば、たとえ友人たる卿であっても許さぬぞ！」

喧々囂々。

会話のレベルに、貴族としての名誉が関わる事を除いては、貴族の会話も大差なかった。

ともあれ、アンハルト王国の平民も、貴族も、皆がポリドロ卿について語るようになった。

一時期の箝口令のような空気は払拭されていた。

自然、耳にタコが出来るほどに聞かされた吟遊詩人の英傑詩が思い起こされる。

そうしている間にも、時間は過ぎる。

二か月も経《た》たない内に、ポリドロ卿がカロリーヌ騒動の衝撃も抜けきらぬまま、ヴィレンドルフへと旅立った。

第二王女相談役として、そしてヴィレンドルフ和平交渉の副使として。

耳聡《みみざと》い商人といった市民たち、下級上級問わず貴族たち、マトモな頭を持っている誰もが、理解していた。

ああ、事実上の正使はポリドロ卿だな、これは、と。

今までの和平交渉が全て失敗し、すわ二回目のヴィレンドルフ戦役が始まるのかと国中の緊張が高まっている中で。

誰もが祈っていた。

「頼むからポリドロ卿が、交渉を成功させてくれますように」

と。

次は絶対勝てないと、そんな悲壮な雰囲気が漂っていた。

特に、ヴィレンドルフ国境線の近くに領地を持つ、荘園《しょうえん》領主たちはわが身の事である。

ある地方領主と家臣たちなどは教会で、毎日欠かさず神ではなくポリドロ卿への祈りを捧《ささ》げる有様であった。

次は本当に勝てない。

あの勝利はマグレであると理解している。

アナスタシア第一王女とアスターテ公爵の手前、誰もが口にはしないが地方領主たちはそう思っていた。

そして、朗報が伝えられた。

ポリドロ卿、和平交渉成立の報である。

誰もが安堵《あんど》した。

そして、同時にその報告の条件に首を傾《かし》げた。

ヴィレンドルフ女王カタリナの腹に子を宿す？

つまり愛人契約であり、ポリドロ卿はその身をヴィレンドルフに切り売りした？

聡い者こそ、真っ先に狼狽《ろうばい》した。

法衣貴族も、諸侯も同様である。

はて、これに対してアンハルト王国はどう報いるべきか。

これは、特に荘園領主にとっては他人事《ひとごと》ではない。

御恩と奉公、封建制は双務的な関係によって構築されるものである。

元々、他に方法があるか？　との問いには誰も答えられぬものの、領民300の弱小領主騎士に選帝侯同士の和平交渉の実質的交渉役を任せるというのは明らかに無茶ぶりであった。

その結末がこれである。

誰もが眉を顰《ひそ》めた。

どうするつもりだよ、これ。

ポリドロ卿《きょう》の立場に、同情や義憤を感じたといった単純な事ではない。

ルールを守ってもらわねば、ポリドロ卿がそれで良いと頷《うなず》いても、他は納得出来ない。

よって、ポリドロ卿には国家からの熱い賞賛の言葉と同時に、それ相応の報酬が与えられなければならない。

土地。

とてつもなく価値がデカい物。

血統。

これ程までに功績を成し得たポリドロ卿に木っ端貴族の娘を与えるのは、もはや許されぬ。

それ相応の青き血を与える必要があるだろう。

金銭。

価値が無いとは言わないが、あんまりではないか。

ヴィレンドルフ戦役でも、カロリーヌ騒動でも、ポリドロ卿が与えられたのは金銭である。

ここまで馬車馬のようにこき使いながら、金で全てを済ませるつもりか。

それは侮辱というものではないか。

そんな感想を皆が抱く。

詰んでいた。

要するに、土地か血縁。

どちらか、或《あ》るいは両方の選択を、アンハルト王国リーゼンロッテ女王は迫られていた。

愚かな者は未《いま》だにファウスト・フォン・ポリドロを醜い姿の、王家に上手《うま》くこき使われている者と侮蔑し。

賢き者は、如何《いか》にしてファウスト・フォン・ポリドロの功績に対し、王家が報いるのかと注目する中で。

その当事者であるポリドロ卿はアンハルト王国への帰路についていた。

「あと一週間ぐらいで帰れそうですねえ。帰りは一騎討ちなかったですし」

「帰りも一騎討ちするつもりだったの？」

「相手がそれを望むならば」

ファウストはヴァリエールの言葉に対し、あっさり頷いた。

望まれれば、また100人抜きを行うつもりであった。

「いくら何でも、ヴィレンドルフの次代を担う王の父親に一騎討ちを挑む程ヴィレンドルフも……いや、ありえるか。あの国だとそれもまた名誉？」

「あり得るでしょう？　掛かって来ないのがむしろ私には意外でした」

「いや、さすがに帰路は迷惑だろうと遠慮してくれたんじゃない。ヴィレンドルフにもそれぐらいの配慮はあったんでしょうよ」

今まで付き添ってくれたヴィレンドルフの国境線、それを警護するヴィレンドルフ騎士たちに見送られながら別れを終えて。

ヴァリエールはようやく役目を終えたと息を吐《つ》きながら、まだ旅路は終わっていないと気を引き締め直す。

「お母様、盗んだバラの事怒ってるでしょうね」

「一緒に謝る約束、お忘れではないでしょうね」

「ファウスト、貴方《あなた》ねえ。いや、一緒に謝るけどさあ」

ヴァリエールとファウストはまだ気づいていない。

もうリーゼンロッテ女王は、もはやバラの事など、どうでも良い状況に追い込まれている事に。

主君にとって最も重要である、功績を成した配下に適切な褒美を与えるという行為に、アンハルトの誰もが注目していることに。

「私、謝る事だけが仕事みたいになってるのよねえ」

ヴァリエールはまだ気づいていない。

ファウストに与える報酬、その候補の一つとして自身の名が挙がっている事に。

「私、リーゼンロッテ女王に盗んだバラの件では謝罪しますけど、今回の報酬はちゃんと貰《もら》いますからね」

ファウストはまだ気づいていない。

その報酬は確実に貰えるだろうが、もはやお金だけでカタがつく状況下ではない事に。

「ポリドロ卿。アンハルト王都に辿《たど》り着いたら、二人でデートしましょう。デート」

そう誘いをかけた、第二王女親衛隊長ザビーネは気づいている。

ヴィレンドルフ女王カタリナとの濃厚なキスの一件で、ファウストの中でのザビーネに対する優先順位が極端に下がった事に。

「まあ、何もかも王都に帰ってからの話よね。疲れているけれど、もうひと踏ん張りと行きましょう」

ヴァリエールはそう言葉を締め、王都に向かって静かに馬の歩みを促した。

第47話　小領主の限界

アンハルト王都。

その幅広く設けられた、王城まで一直線の長い長い目抜き通りにて。

王都に駐留している公爵軍200に加え、同じく王都に駐留している諸侯の兵200が並んで道を空け、アクシデントが起こらぬよう目を光らせている。

パレード。

ヴィレンドルフとの和平交渉を無事成立させせた、正使ヴァリエール第二王女と、副使ファウスト・フォン・ポリドロを出迎えるためのパレードの準備である。

目抜き通りの中央を空けるために、兵たちは並んでいた。

アンハルト国民は、兵たちの前で行儀よくパレードの開始を待ち構えている。

王都の城門を抜け、その光景を見ながら私は呟《つぶや》く。

「ヴィレンドルフ戦役を思い出すな」

「ポリドロ卿は称賛されなかったと、従士長のヘルガ殿から聞きましたが。その功績に何一つ見合わぬ、侮辱に近い出迎えであったと」

愛馬フリューゲルの背に乗るマルティナ。

その言葉を聞きながら、ヴィレンドルフ戦役後のパレードを思い出す。

ああ、嫌な思い出だ。

異形の物を見る目。

不細工な男を見る目でもない、蔑むでもなく称《たた》えるでもない。

アンハルトにおける異物を見つめる目だ。

あの粘りつくような冷たい視線だけは非常に不快であった。

まあ、どうでも良いのだが。

貴族は面子《メンツ》商売で、舐《な》められたら相手を殺してでも面子を勝ち取るしかない。

私はポリドロ領の領主としての面子があるのだ。

領地の名誉全てを、この背に背負っているのは事実。

しかしだ。

私が最低限守らなければならないのは、領民300名の弱小領主騎士としての面子である。

正直言って、面と向かって侮蔑されたのでもなければ、そこまで気にする必要はない。

面と向かって侮蔑されれば、仕方なくそいつを半殺しにするが。

正直、それすら面倒臭いのだよなあ。

溜《た》め息《いき》を吐《つ》く。

もう一度言おう、アンハルトでは私は異物だ。

それは私自身が誰より理解している。

「まあ、今回もヴィレンドルフ戦役と同様であろう。期待はしていない」

「私は馬から降りた方がよろしいでしょうか？　さらにファウスト様の評判を落とすことに」

「いや、背中に引っ付いていなさい」

これも経験だ。

マルティナも、将来世襲騎士の地位が約束された身の上とはいえ、売国奴の母を持つ脛《すね》傷持ちである。

この先辛《つら》い道が待ち構えている事ぐらいは承知しているであろう。

マルティナは私の騎士見習いである。

こういう経験も、必要であろう。

少しでも血となり肉となってくれればそれでいい。

私は振り返り、領民たちを見る。

領民たちは槍《やり》や剣を抜き、クロスボウの弦を滑車で引く準備を――までオイ。

「何をやっている、ヘルガたち」

「殺す準備です。今度こそ、ファウスト様を侮蔑する輩《やから》どもは一撃で仕留めますので、ご安心を」

何も安心出来ない。

安心出来る要素が何一つ無い。

「逆だろ逆。剣をしまえ。槍の穂先を布で包め。クロスボウは馬車にしまえ」

「御言葉《おことば》ですが、ファウスト様。我がポリドロ領の名誉に関わる事でございます故」

ヘルガが三歩前に歩み出て、領民たちを代表するように私に訴える。

それは、涙声混じりの訴えであった。

「ヴィレンドルフ戦役後のパレードを思い出してください。あの泥沼の死地にて救国の英傑たる活躍を見せたファウスト様を、あのアンハルト王都の市民たちは褒め称えすらしませんでした。それどころか異物を見るような目を。あの戦役に参加した領民20名は、今でも奴《やつ》らを叩《たた》きのめさなかった事を後悔しております」

今回引き連れた領民30名の内、当時戦役に参加していた20名がぶんぶんと首を縦に振る。

我が領民たちは私に絶対の忠誠を誓ってくれている。

私が死地に飛び込めば誰一人欠けることなく、その後を付いてきてくれる。

自慢の領民たちではあるが。

「しなくていい、しなくて」

手を振りながら、否定する。

何が悲しくて、その可愛《かわい》くて仕方ない領民の手をわざわざ血に染めさせねばならぬ。

まして、今回は戦友たる公爵軍がパレードの仕切りをやってくれている。

私を侮蔑するようなアホがいれば、公爵軍がその場で捕まえて牢屋《ろうや》送りにしてくれるであろう。

そもそも、リーゼンロッテ女王陛下であれば何か仕込んでいるだろう。

考えた事をそのまま口に出す。

「今回の仕切りは公爵軍だ。死地を共にした彼女たちが、私への侮蔑を許すと思うか？」

「それは、確かに」

ヘルガが頷《うなず》く。

判《わか》ってくれたなら幸いだ。

だが、ヘルガは穂先が剥《む》き出しの槍を突き上げ、答える。

「しかし、わざわざ戦友たる公爵軍のみに手を委ねるのもどうかと。今度こそは勇猛果敢なる我ら領民の手で、アンハルト王都の市民に目に物を見せてやらねばと」

「ヘルガ。確認するが、私ことファウスト・フォン・ポリドロはアンハルト王国に領地の保護を約束していただき、忠誠を誓っている身である。主従関係にある。判っているよな」

「判っております。そして私たちはファウスト様に絶対の忠誠を誓っておりますが、アンハルト王国に忠誠を誓った覚えは一度としてありませぬ。臣下の臣下は、臣下ではありませぬ」

理屈上はそうだけれどさ。

いかん、頭が痛くなってきた。

下手にヴィレンドルフで私が歓迎された分、我が領民のアンハルト王国への敵対心が高まっている。

これはどうしたものか。

仕方ない、一度怒鳴りつけるか。

そう判断して声を張り上げようとしたが、そこで横合いから口が挟まれる。

「ヘルガ、我が市民の、そして貴族たちの、アンハルトの国民たちによるファウストへの扱いに不満を抱いているのは承知しているわ。何より私自身が不満に思っているから」

「ヴァリエール様」

ヴァリエール様である。

ヘルガが、振り上げていた槍を下ろす。

「私も同様に、やっと初陣を果たしてそこそこ認められるようにはなったけど、まだまだ貴族の間ではミソッカス扱い。そんな私の頭で足りるかどうか判んないけど」

ヴァリエール様が、従士長とはいえ一平民に過ぎないヘルガに、頭をぺこりと下げた。

「私に免じて、今回は大人しくしてもらえないかしら」

「お止《や》めください、ヴァリエール様。貴女《あなた》にそう言われては、私どもは何も出来なくなります。何もかも、承知しました故に」

ヘルガが腰を折り曲げてヴァリエール様に頭を下げ、大人しく領民全員に指示を飛ばす。

「全員、槍の穂先を包み、剣を鞘《さや》に収め、クロスボウを馬車に戻せ」

領民が速やかに指示に従い、パレードへ向かう隊列を整え始める。

動きはいいのだ、動きは。

私と同じく何度も軍役に赴いた、歴戦の猛者たちだけはある。

が、どうにも血の気が多い。

「隊列の順は、私の横にファウストが並んで、次に第二王女親衛隊、最後にヘルガたち領民で良いわよね」

「はい。問題ありません」

ヴァリエール様の言葉に、感謝の意を含んだ声で答える。

思えば、ヴァリエール様も初陣の頃と比べると成長なされた。

初陣前は、このような真似《まね》も出来なかったであろうに。

「さて、パレードに行くとしましょう。私たちの方の準備もいいわよね、ザビーネ」

「はい、ヴァリエール様を一度でも侮辱しようものなら、その市民を殺す準備は」

「ねえ、貴女たちはさっきまでの会話をちゃんと聞いてたの？」

第二王女親衛隊がしぶしぶ剣を鞘に収め、槍の穂先を布で包みだす。

我が領民の血の気の多さも大概であるが、親衛隊のヴァリエール様への狂信も大概である。

「初陣では、見送りも、出迎えも無しだったのよねえ。パレードなんて初めてだわ」

ヴァリエール様がしみじみと呟く。

今回は、ヴィレンドルフとの和平交渉を成功させたのだ。

私はともかく、ヴァリエール様は報われてほしいものだが。
「是非とも歓声で迎えてほしいものです」
私は全員の隊列が組み終わったのを見届け、愛馬フリューゲルの首を優しく撫《な》でる。
フリューゲルはそれに応じ、ゆっくりと歩き出した。
「そう願うわ」
同じく、ヴァリエール様の馬も同時に歩き出す。
我が愛馬フリューゲルと、ヴァリエール様の馬が並んで目抜き通りに入る。
待ち構えていた市民たちがザワザワと騒ぎ出し、兵たちは並んだまま警戒を強める。
警戒心を強めすぎている。
肌でそう感じる。
はて、公爵軍は判るが、諸侯の兵たちまで警戒を強めているのは何でだ。
このパレードの失敗だけは許されない。
何事かあれば、身を挺《てい》してもアクシデントを止めなければならない。
そういった緊張感だ。
そういった感情を、騎士としての直感で抱く。
何事か、私たちがいない間に王都で起こったのであろうかと首を捻《ひね》る。
判らない事は、背中にいる9歳の知恵袋に聞こう。
「マルティナ、兵が緊張している。何故《なぜ》か分かるか？」

「いや、そりゃそうでしょう。何間抜けな事言ってんです。ヴィレンドルフとの和平交渉を成立させたんですよ、ファウスト様とヴァリエール様の御二方《おふたかた》は。そのパレードが失敗でもしたらどうするんです？」

「どうなるんだ？」

パレードのため、似合わぬと散々苦情が入ったグレートヘルムは脱いでいる。

フリューテッドアーマーに、先祖伝来のグレートソードを帯剣した武装状態。

その姿に、マルティナを背中に乗馬させている。

背後のマルティナの表情は窺《うかが》えぬ。

「判りませぬか。アンハルト王国は、ファウスト様のこれ以上の不興を買う事を恐れているのですよ」

「ふむ」

どうなるか、への答えではない。

不興を買う、と言われても、私はパレードに何も期待していないのだが。

ファウスト・フォン・ポリドロはアンハルト王国の市民に何も期待してはいない。

それだけだ。

まあよい。

愛馬フリューゲルの首を優しく撫ぜる。

我が愛馬よ、つまらぬパレードなどさっさと通り抜けてしまおう。

まあ、ヴァリエール様への歓声には期待するが。

パレードが始まる。

「ヴァリエール第二王女殿下、万歳!!」

声は市民からではなく、まず公爵軍の200の兵から起こった。

あの顔は見覚えがある。

ヴィレンドルフ戦役にて最前線を共にした、戦友の一人。

私はニコリと顔を緩め、お互いに会釈を交わす。

「ファウスト・フォン・ポリドロ卿《きょう》、万歳!!」

やはり声は市民からではなく、公爵軍に相対する兵から起こった。

諸侯の兵からである。

顔は知らぬが、事前に歓声を上げるよう言い聞かされているのであろう。

良い判断だ。

誰かが言いださねば、市民からの歓声は始まらぬ。

こういう時、ちゃんと市民にもサクラ、盛り上げ役の偽客を交ぜておくべきなのだがな。

いや、リーゼンロッテ女王の事だから、手抜かりは無いはず。

「ヴァリエール第二王女殿下、ファウスト・フォン・ポリドロ卿万歳！　アンハルト万歳！」

ほら、そこかしこから、偽客である市民からの声が聞こえた。

さすがリーゼンロッテ女王陛下。

こういうパレードにも、ちゃんと余念がない。

後は盛り上がるかだが。

「アンハルト万歳！」

「アンハルト万歳！」

二千は超えているであろう市民たちが歓声を上げ始める。

リーゼンロッテ女王の工作は無事、成功したか。

自分は歓迎される方なのだが、ほっとする。

もし失敗して先ほど口にしたような展開、私を侮辱した市民を公爵軍の兵が殴りつけて連行するような事態になれば、もはや目も当てられぬ。

パレードは失敗。

私も、ヴァリエール様にも面子《メンツ》があるのだ。

「兵が最初に煽《あお》り立て、市民に交じった偽客が歓声を上げ始める。まあリーゼンロッテ女王の手腕は御見事《おみごと》と言えますが」

マルティナの冷たい声が、背中から小さく響く。

本当に賢い9歳児だ。

まあ、どこの国でもやっている事だ。

少なからず、どこでも。

訓練された観衆による扇動、意思統一。

この世で最も見事な扇動とは何か。

ふと、前世でナチス・ドイツの宣伝相ゲッベルスが行った総力戦演説を思い出す。

はて？

総力戦演説？

そうだ、総力戦演説だよ。

三つの命題の提示。

ナチス・ドイツは三つの命題を総力戦演説にて提示した。
①ドイツが敗退すれば、ヨーロッパはボリシェヴィキの手に落ちる事。
②ドイツ人、及び枢軸国のみにヨーロッパを脅威から救う力がある事。
③危険はすぐそばにあり、迅速に対応しなければ手遅れになる事。
これは応用出来ないか？

私はあの総力戦演説を真似て、女王陛下を説得せねばならぬ。

リーゼンロッテ女王に、どうやって仮想モンゴル、トクトア・カアンの脅威を伝えるか。

どうすれば脅威を理解してもらえるか。

——素直に受け入れてくれればよいが、とても状況を理解してくれると思えぬ。

それをこの帰還中、ずっと悩み続けていたのだが。

ヒントは我が前世の知識にあった。

まさか、王都でのパレードの途中でそれに気づくとは。

ファウスト・フォン・ポリドロの愚か者め。

時間が足らないなと、頭をガリガリと掻《か》く。

「あら、柄にもなく照れてるの、ファウスト」

市民の歓声に、笑いながら手を振って応えるヴァリエール様。

それがこちらを振り向き、私の仕草を照れているものと勘違いした。

全然違うわ。

その14歳美少女貧乳の笑顔は可愛《かわい》いが、私の今の心境には何の慰めにもならない。

もはや市民の歓声も耳に入らぬ。

ああ、せめてヴァリエール様に訓練された観衆の一人として、仕込みを入れる時間があったならば。

もう一人でやるしかないのか？

パレードの後、リーゼンロッテ女王に今回の和平交渉の正式報告に上がるまで、少し時間がある。

リーゼンロッテ女王にお会いする前、アナスタシア第一王女とアスターテ公爵に観衆役としての誘導を仕込む時間はあるか？

女王陛下に私が抱く恐怖と情報全てをお伝えする前に、口添えしてもらえるように頼むことは出来るか？

いや、そもそも、あの賢い二人を私ごときが誘導出来るものか。

普通に全身全霊で説得するのと、何一つ変わらない。

そして、領民300名の弱小領主騎士にして、母の代から親戚づきあいも絶たれ、貴族間の付き合いなど無い私には固まって訴える術《すべ》、他に訓練された観衆を用意すべき手立てが無い。

ああ、クソッタレが。

矮小《わいしょう》なるファウスト・フォン・ポリドロよ。

前世からのせっかくの知識を、思い通りに扱えぬ。

それがお前の限界だ。

私をこの狂ったファンタジー世界に転生させた神がいるならば、そう愉悦気味に呟《つぶや》かれた気がした。

知恵者が欲しいし、策士も欲しい。

軍師も策略家も欲しいが、何より私には傍《そば》にいて一緒に考えてくれる知恵者が要るのだ。

この前世の知識だけでは、何の役にも立たぬのだ。

自分の不甲斐《ふがい》なさを思い知らされる。

「ファウスト様、パレードが終わります。気に食わないのは判《わか》りますが、そう渋い顔をせず、最後位は笑顔で締めくくられませ」

背後のマルティナから声がかかる。

そんなに渋い顔をしていたか。

背後のマルティナからは私の顔など見えないはずだが、気配を悟られたようだ。

まずはこのパレードを終え、リーゼンロッテ女王に全身全霊の演説を以《もっ》て、法衣貴族や諸侯の満座の席でトクトアの脅威を訴える。

それしかない。

それだけしか出来ないのだから。

誰にも聞こえぬ舌打ち、それを口内で起こしながら、私は顔を無理やり笑顔に作り変える事にした。

第48話　正式報告の前準備

アンハルト王宮、その第一王女アナスタシア居室にて。

「で、パレードの様子はどうだった？」

第一王女相談役たるアスターテ公爵がワイングラスにワインを注ぎ、それを口に含む。

まだ昼であるが、酔いたい気分であった。

要するにヤケ酒である。

正妻問題が、アスターテ公爵を酒への誘惑に導いていた。

もはや、ファウストが独身であることは許されない。

当初のアンハルト王家の計画では、アナスタシア第一王女とアスターテ公爵の愛人となり――

アスターテ公爵の末子をポリドロ領の領主とする、その予定であったのだが。

ファウストはそれを知らない。

ヴィレンドルフ女王、イナ＝カタリナ・マリア・ヴィレンドルフ。

その愛人の立場となり、アンハルト国内の地方領主から最大の注目を集めている。

今の彼はそれを知らないのだ。

「最初は和やかに笑顔をお見せになりました。ヴィレンドルフ戦役を共にされた公爵軍の兵が立っていましたので」

「ああ、ウチの兵相手なら会釈ぐらいはしてくれるだろうさ。肝胆相照らす仲だと自負している」

第一王女親衛隊長。

パレードの様子を、より正確にはポリドロ卿の様子を見届けていたその口から、アナスタシアとアスターテ二人に対する報告が為《な》される。

「ですが、途中、国民からの歓声が上がると同時に渋い顔をされました」

「まあな」

「そうなるでしょうね」

報いなかった。

アンハルト王国の市民は、ヴィレンドルフ戦役後のそのパレードにおいて、救国の英傑にして武功第一を誇るファウスト・フォン・ポリドロに何も報いなかった。

ヴィレンドルフ戦役は局地戦である。

あくまで、アンハルトとヴィレンドルフの国境線にて起きた戦争に過ぎない。

だが、一つ穴が穿《うが》たれればアンハルトの土地欲しさにヴィレンドルフの各地方領主が参戦し始め、国が窮地に陥りかねなかった。

重要な戦であった。

それでも、憤怒の騎士ポリドロ卿を市民が歓声で迎えることは無かった。

殺してやろうか。

地獄のヴィレンドルフ戦役を共にしたアナスタシア第一王女とアスターテ公爵はそう考えたが、侮蔑をした市民には罰を与えども、何もしなかったことを罪とする事はさすがの二人にも出来なかった。

苦い苦い想《おも》い出《で》である。

その武功に与えられた報酬はポリドロ卿《きょう》自身が望み、リーゼンロッテ女王がそれに応えて与えた金銭のみであった。

だが、どうでもよい。

ファウスト・フォン・ポリドロの良さは、あの地獄を経験した我らのみが理解出来ていればそれでよい。

なに、我ら二人がポリドロ卿を独占することを考えれば、この環境はむしろ丁度良い。

そうとまで考えていた。

が、状況は変わった。

このまま座視していた場合、ファウストにはヴィレンドルフからの正妻が与えられる。

そして、アナスタシア第一王女とアスターテ公爵の野望は水泡に帰す。

アスターテは語る。

「ファウストはヴィレンドルフとの実現困難とも言える和平交渉を達成し、その代償に貞操を切り売った。これに王家が報いるには？　アンハルト王家と保護契約を結んでいる地方領主の誰もが納得する、その報酬とは？」

「土地か血統。或《ある》いはその両方。土地は駄目だ。王領の土地を切り取るのは構わないが、飛び地になる。ファウストは嫌がるであろう。報いるべき相手に嫌がらせをしてどうする」

ワイングラスから、ワインを一滴残らず飲み干す。

アスターテ公爵は再びワイングラスにワインを注ごうとしたが、それを止め、瓶からワインをラッパ飲みし始めた。

「では血統。つまり結婚といっても、相手を誰にするのか」

「ヴァリエールが相応《ふさわ》しいでしょうね。いえ、相応しいと言うか一番マシだわ」

アスターテに相対するアナスタシアが、舌打ちをした。

血統。

もはやポリドロ卿に与える血統は、王家とその親族に連なる血でなければならぬ。

「私では駄目か？」

「無理よ。私か貴女《あなた》の夫、つまり王配か公爵家の夫はさすがに無理」

「今回の功績を以てしても？」

アスターテ公爵がワインのボトルを離す。

手の甲で唇に残った僅かなワインを拭う。

何とか、自分の夫に出来ないかと思索する。

王位継承権。

第三王位継承者の私より、第二王位継承者のヴァリエールが相応しい理由は？

「わざわざ私の口から言わせないでよ。ヴァリエールは所詮私のスペア。数万を数える領民を持つ公爵家を継ぐ貴女とは違うわ」

アナスタシアがため息混じりに、アスターテに答える。

アスターテは口内で舌打ちしながら、視線を第一王女親衛隊隊長に向ける。

そして、会話の秘匿性の高さから、給仕の代わりを務めている彼女に声を掛ける。

「アレクサンドラ、お前はどう思う」

第一王女親衛隊長、アレクサンドラ。

身長は１９０㎝と高く、その身は全身に特別製の筋肉がしっかりと帯びている。

そのバストサイズは豊満であり、侍童が姿を見ると騒ぎ出すような麗人であった。

ある世襲貴族の次女で、アナスタシア第一王女自らスカウトしてきた超人。

昨年行われたアンハルト王家主催のトーナメントでは優勝もしている。

発狂した王族、狂乱した状態に入ったそれを除けば、アンハルトではファウストに次ぐ実力第二位を誇る。

もっとも、その実力差はファウストに大きく開けられているが。

「それは私に、ポリドロ卿の嫁に行けという事でしょうか？　それならば喜んで」

「違うわ馬鹿者」

アスターテはげんなりとした顔を見せる。

ヴィレンドルフ戦役。

腰まで泥沼に浸《つ》かったその戦場にて、ファウストの武勇に魅せられた女は想像以上に多い。

「きっと良き超人の子が生まれると思いますのに」

「私を立ててくれるならば、お前ならば正妻にしても良いと考えるが。状況がそれを許さん」

アレクサンドラの、次代の超人を産むぞとの言葉。

そしてアナスタシアによる、その言葉の否定。

彼女はアスターテからワイン瓶を奪い取り、その手のワイングラスにワインを注いだ。

舐《な》める様に、それを嗜《たしな》む。

「血統。それも誰が見ても、ファウストに報いたと言える血統。それが条件だ」

「じゃあ、やっぱりヴァリエールしかいないか」

「いない。ファウストの童貞はヴァリエールに言い聞かせて、私に譲らせよう」

ファウストの童貞に固執するアナスタシア。

それだけは誰にも譲れなかった。

あの貞淑で無垢《むく》でいじらしく、朴訥《ぼくとつ》で真面目な童貞のファウストに、その身体《からだ》を手折られた花のように、自ら自分に開かせる。

それがアナスタシアの私人としての第一の欲望であった。

第二は、ファウストに耳元で愛を囁《ささや》く事。

第三は、ファウストの子を産む事。

アナスタシアは、ファウストにどこまでも惚《ほ》れ抜いていた。

「ヴァリエールは納得するかな？」

「納得させる。なにせ、ヴァリエール本人は未《いま》だ、自分は将来修道院に行くものと思い込んでいる。弱小地方領の領主とはいえ、修道院よりはよっぽどいいでしょうよ。まして夫は相談役だぞ？　あのファウストだぞ？　文句を言う方がおかしい」

何せ、修道院とは違って自由の身だ。

アナスタシアは、ファウスト・フォン・ポリドロを求める。

それはそれとして、妹であるヴァリエールが可愛《かわい》くないわけでもなかった。

「だが、ファウストは？」

アスターテは、アナスタシアに奪われたワイン瓶の残量を心配しながら口を開く。

それを察したアレクサンドラは、代わりのワインを取ってこようと二人から離れた。

アナスタシアは、舌打ちで応える。

「……納得するでしょう。ファウストは、先代にして自分の母であるマリアンヌの汚名を雪《そそ》ぐ事を望んでいないわけではない。王家の血をポリドロ家に組み込めるならば、それは達成したも同然」

「まあ、理屈はわかるけどね」

8歳差。

ファウスト22歳、ヴァリエール14歳。

貴族の結婚と考えれば珍しい話ではないし、むしろファウストが婚期を逃している。

立場を考えれば、ファウストは否と言うまい。

普通に考えれば、だが。

「私さあ、ファウストは何か納得しない気がするんだよね」

「何故《なぜ》？　ヴィレンドルフの女王カタリナに心を惹《ひ》かれたとでも？」

「それとは少し違う」

アスターテが唇に指を触れながら、考える。

何か、ズレている気がする。

アスターテは生まれつき、直感に優れた人間であった。

動物的嗅覚と呼ぶべきか、第六感と言うべきか。

ヴィレンドルフ戦役でも、その直感を用いて部下を生き延びさせた。

自らも命を長らえた。

「うーん、何と言ったらいいか。ヴァリエールはファウストの好みじゃない？　そんな気がする」

「好みじゃない？」

「うん、そう」

失敗するのじゃないかな。

これは願望ではなくて、直感でそう思う。

アスターテはそう語る。

私の妹が不服かと、イマイチ納得のいかない顔でアナスタシアは答える。

「じゃあ、どうするのよ」

「いや、まあ説得するしかないだろ。ついでに、私たちの愛人になるよう勧めよう」

「ファウストに、今更囲い込みかよと取られない？」

ヴィレンドルフに取られそうになったから、ファウストを囲い込もうとしたように受け取られないか。

一歩出遅れた。

ヴィレンドルフ女王、イナ＝カタリナ・マリア・ヴィレンドルフに一歩出遅れた。

アンハルトに伝播《でんぱ》した英傑詩を信じるならば、ファーストキスまで奪われた。

アナスタシアは奥歯を噛《か》みしめながら、引きつった苦笑いを浮かべる。

「ファウストが、カタリナ女王をここまで魅了するとは思ってもいなかった。あの女は知る限り、ヴィレンドルフの美的感覚を持たない。ファウストの容姿を見たところで愛するとは思わなかった」

「判《わか》る女には判る。そういう事だ。ファウストの心優しき美しさを知れば、心惹かれる女は沢山いる」

我々二人のように。

だが、何はともあれ。

アンハルト王家も、そして私たち二人も追い詰められた。

ここが勝負どころだ。

「とにかく、説得だよ。ファウストの正妻はヴァリエール。正妻が決まり、ポリドロ領の跡継ぎを産む相手が決定すれば、私たち二人の愛人になる事も嫌とは言うまい」

「貞淑で無垢でいじらしいファウストの事よ。カタリナ女王の件は別枠として、正妻のみに身を捧《ささ》げると言いださないかしら」

「アナスタシア、お前は何も判ってない」

アスターテが首を振る。

ファウストの事を何にも判っていない。

そんな顔で、愉悦気味に語りだす。

「ファウストは、貞淑で無垢で、私が身体をくっつけて、耳元で愛の言葉を囁くだけで顔を真っ赤に染めるいじらしい男だ。だがな、アイツは絶対ベッドの上では淫乱だ」

「お前は何を言いだしてるのか。18歳の腐れ処女に何が判ると言うのか」

呆《あき》れ顔《がお》で答えるアナスタシア。

だが、アスターテは一顧だにしない。

「私には判るんだよ！　あの真面目そのものの朴訥な表情の裏には、女たちに好き放題されたいという願望が眠っているんだって!!　尻を触っていても決して嫌そうじゃなかったもん!!　その後、私は領民に殺されかけたけど」

「もう完全にお前の願望だろ。お前の」

昼は貞淑、夜は淫乱な男。

ファウストにはそうであってほしいとは思う。

私とベッドを共にするときには激しく乱れてほしい。

それはアナスタシアもそう思う。

だが、それは私たち処女二人の勝手な言い分という物であろう。

妄想にも等しい。

アナスタシアは軽く首を振り、馬鹿な妄想を打ち払う。

トントン、と。

丁度妄想を打ち払うと同時に、ドアからノックの音がする。

「失礼します、アナスタシア様、アスターテ様」

「何だ、アレクサンドラ。勝手に入れよ」

さっさとワインの代わりを持ってきてくれ。

そう言いたげに、アスターテがノックに返事をする。

「いえ、ワインを取りに向かった道すがら、ポリドロ卿《きょう》と出会いまして。アナスタシア様とアスターテ様に話があると、こちらまで」

アレクサンドラの言葉に、二人は顔を見合わせる。

はて、何の用か。

とりあえずアスターテの猥談《わいだん》は聞かれなくて何よりだったが。

「ドアを開けてもよろしいでしょうか」

「少し待て。ファウストは一人か？」

「いえ、従士としてマルティナ嬢をお連れですが」

少し、考える。

何の用件だ？

リーゼンロッテ女王への和平交渉の正式報告、それまでには旅の垢《あか》を落とすという名目で今日一日の休みが与えられている。

パレードを終えた後、その貴重な一日を潰してまで私たちに何か話したいことがあるのだろうか。

「マルティナ嬢には、部屋の前で待機してもらえ」

「はい、私も同様に致します。ポリドロ卿のみ中へお入りください」

ドアから身長2m超え、鋼のような肉体を持つ男騎士の姿がぬっと現れる。

その男は開口一番、こう言った。

「アナスタシア殿下、アスターテ公爵、しばらくぶりです」

「まだ一か月も経《た》っておらんがな。待ちわびたぞ。和平交渉の件はご苦労であった」

「まあ、私の横に座れよ」

ポンポン、とアスターテが自分の座る長椅子の横を叩《たた》く。

ファウストは頑丈な長椅子を軋《きし》ませる事なくそこに座り、その巨体を揺すりながら言葉を発する。

「リーゼンロッテ女王に報告に上がる前に、お二人に話があって参りました」

ファウスト・フォン・ポリドロのその表情は、いつもの朴訥な様子とは違い、真剣そのものであった。

第49話　たった一つの愚かなやり方

テーブルの上には、新しいワイン瓶。

　そして私用に新しく用意された、ワイングラスが載っている。

「まあ、まずは飲めよ。舌の滑りも良くなるぞ」

「昼から酒など飲んでいる場合では——まあいいです。頂きます」

　アスターテ公爵が、グラスにワインを注ぐ。

　それが十分に満たされた後、私は舐《な》める様にそれを口に含んだ。

　美味《うま》い。

　私が普段飲んでいる安酒とは違う。

　が、ワインの味を楽しんでいる暇などは無い。

　今日は二人に話があって来たのだ。

「まずはお二人に問います。ヴィレンドルフが今回の和平交渉に応じた理由をご存じだったのですか？」

「ふむ。それはつまり、お前が達成した和平協定に、お前以外の要因があるのではという事か？」

　ご存じ『だった』のですかという問い。

それにアナスタシア第一王女が答える。

私はリーゼンロッテ女王の助言に従い、カタリナ女王の心を見事斬った。

それは理由の一つにすぎない。

「はい。どこまで『理解』していらっしゃるのか。是非とも二人にお伺いしておきたい」

理解。

その言葉を強調させて言う。

「英傑レッケンベル不在による王家の力の弱体化。特にレッケンベルが族滅させた、北方の遊牧民族がいずれまたどこぞから出現して、押し寄せてくる。それの対策があるな。今回の和平交渉、ヴィレンドルフ側はお前の――カタリナ女王が、お前の子を孕《はら》むという以外にもメリットは確かにあった」

アナスタシア第一王女が、苦々しい声で語る。

それも理由の一つだ。

だが、他にもっと重要な理由があるだろう。

「私にはお答えいただけませぬか？」

「何が言いたい？」

「知らないはずはない。領民300名の弱小領主である私と違って、貴女方《あなたがた》二人が知らないはずがない。その口からお聞かせいただきたい。これはヴィレンドルフ戦役の戦友であるファウスト・フォン・ポリドロとしての頼みですが」

まずは相手の口から吐き出させる。

この二人、脅威をどこまで理解している？

大陸の東の果て、遠い遠い絹の道《シルクロード》の先にいるトクトア・カアンの脅威を。

アナスタシア第一王女とアスターテ公爵はお互いに顔を見合わせ、はあ、と一つ溜《た》め息を吐《つ》いた。

「お前には今まで言うわけにはいかなかった、と口にすれば侮辱になるか？　戦友への裏切りになるか？」

「いいえ。お二人が情報を握りながらも、それをたかが領民300の荘園《しょうえん》領主にすぎぬ私に教えなかったとしても理解の範疇《はんちゅう》です。御恨《おうら》みなどしません」

黙っていた理由はわかるのだ。

私が尋ねているのは、全てを私が知った今、ちゃんと教えてくれるかどうかだ。

アナスタシア殿下を見つめる。

彼女は少しだけ笑って、安心しろとばかりに胸襟を開いた。

「戦友の頼みとあらば、口を割らざるをえまい。神聖帝国からの報告があり、東方で一つの巨大王朝が滅んだ。それは知っている。神聖帝国は我ら両国の和平交渉にも仲介人を送るつもりであった。両国で協調し、戦に備えよ、脅威に対抗出来る防波堤を構築せよと」

うん？

コイツは意外だった。

神聖帝国、随分と先を見通している。

「アンハルトは、神聖帝国からの仲介に応じなかったのですか？　それならば私などに頼らずとも」

「ヴィレンドルフがまず拒んだ。面子《メンツ》上、アンハルトも弱みを見せぬため断らざるをえなかった。お前を使者に送る事が決定した後で気が付いたが、ヴィレンドルフはお前を引きずりだしたかったのであろう」

なるほど。

今考えれば、カタリナ女王は私を通してアンハルトを見通していた気がする。

カタリナ女王との会話を思い出せば、アンハルトには随分と幻滅していた様子であったが。

私の扱いがアンハルトで悪いからであろうな。

「ですが、とりあえず和平協定は成立しました。ならば」

「まずは北方の遊牧民族だ。それを族滅させ、今後はヴィレンドルフと協調路線を取る事になるであろう。神聖帝国のいう事を聞くのは少々癪《しゃく》だが」

癪だとか言っている場合でもなかろう。

表向きの主従契約は交わせど、実際には独立国家であるアンハルトが帝国の命令を聞くのが嫌なのは判《わか》るが、今回ばかりは帝国の判断が正しい。

そこまで先を見通せる人間がいるのか？

転生前の神聖ローマ帝国ではどうであったろうか？

どこからモンゴルの西征を予測していた？

西洋史の学者でも研究者でもなく、早世した私には判らない。

「神聖帝国の忠告に従うべきです」

「無論、それは理解している。だからヴィレンドルフと協調路線を取ると言っているではないか」

苦々しい顔で、アナスタシア第一王女が呻《うめ》く。

そうしてくれるのは嬉《うれ》しいし、正しいがそうではない。

「それだけでは足りませぬ」

私の言いたいことが理解されていない。

いや、全てを理解してくれという方が無理なのは判っている。

既に動き出しているカタリナ女王ですら、完璧には理解していないのだ。

トクトアを、仮想モンゴルを撃ち破る事を可能にするためには想像を超える、全面的徹底的な総力戦が必要になるのだ。

それも、アンハルトやヴィレンドルフだけでは数が足りぬほどの総力戦となるだろう。

神聖帝国からの援軍があっても到底足らないだろう。

ていうか、普通にやっても勝てない。

最低でもアンハルトとヴィレンドルフは嫌々ではなく、蟠《わだかま》りを無くし、苦難を共にする覚悟が必要なのだ。

連帯しなければ、100％勝てない。

仮想モンゴルと、このヘンテコ中世ヨーロッパでは、戦のやり方、その何から何までが違う。

勝てないのだ。

私は内心、絶望しながら頭を抱える。

「なんだ、つまり、何というべきか。ファウストよ。私たち二人が知らない情報を、お前はヴィレンドルフで手に入れてきたと」

隣に座るアスターテ公爵が、空になった私のグラスにワインを注ぎながら言う。

いつもの飄々《ひょうひょう》とした顔ではなく、やや真剣な面持ちで応じる。

流石《さすが》に話が早いな。

ヴィレンドルフから手に入れてきた情報、それはある。

それを理由にするか？

まずは会話であり、スピーチではない。

「カタリナ女王の配慮でユエ殿という、東方の武将に会いました。滅んだ王朝から命からがらに脱出した超人の一人です」

「絹の道《シルクロード》を通って、わざわざヴィレンドルフまで？」

「あの国では、実力さえあれば軍事階級に昇り詰められます。今はレッケンベル家の食客とおっしゃっていましたが」

おそらく、あの実力ならば将来はニーナ・フォン・レッケンベルが成長するまで、騎士隊長の代わりを務めることになるだろうな。

「東方の武将が落ち延びて、ヴィレンドルフで復讐《ふくしゅう》の機会を狙っている。そう解釈しても？」

アナスタシア第一王女が、苦々しい顔から真剣な顔つきに変わる。

そうだ、その顔が見たかった。

ヴィレンドルフ戦役にて、私と公爵軍を自由自在に操った女よ。

アンタの、ヤバイ薬をキメているのかと半ば思うかのような、冴《さ》えた頭脳が今は必要なんだよ。

頼むから、本気で私の話を聞いてくれ。

「遊牧騎馬民族か。……このアンハルトが出来る前から幾度となく襲われてきたのは歴史上知っているが。東方の王朝を屈服させてからと思っていた。名は判らんのか？」

「国名は不明。王の名前はトクトア・カアンと」

「トクトア・カアン」

その名を呼び、しばし時間が過ぎる。

アナスタシア第一王女の頭の中で、私の知らない神聖グステン帝国から流れて来た情報がただひたすら流れ、熟考に熟考を重ね、キッチンで洗った後の皿のように重ねられ続けている。

そして、アナスタシアの中で一つの結論が出される。

「何年で来るかファウストには判るか？」

「不明」

簡素な答え。

１２３４年、金王朝が滅ぶ。

１２４１年、ワールシュタットの戦い。

前世では僅か七年。

このファンタジー世界、魔法による伝達機能が発達した今の時代では、それより早いかもしれない。

どう考えても、不確定な情報すぎて今は口に出来ない。

だが、私の迷いをアナスタシア殿下は読む。

「お前の予測で良い。言え」

「少なくとも七年より短いかと」

アナスタシア第一王女の知能は、私の焦りを読み取っているのだ。

私など動揺しており、自分の目玉がぎょろりと横に動いてしまった。

そして、そこには何かしらの根拠があると殿下は見込んだのだ。

嘘《うそ》は吐《つ》けぬ。

「そう考える理由は？」

「……」

無言。

答えられぬ。

この場にて前世から推測しました等《など》と、狂気の発言は許されぬ。

ならば。

「超人としての直感ゆえに」

「根拠が弱いな。情報があれば、即動けたのだが」

アナスタシア第一王女が、眉を顰《ひそ》めた。

仕方がない、今の私にはこう答えることしか出来ぬ。

「母上に進言はしよう。だが、おそらくお前が望んでいるほどの進言にはならぬぞ」

「殿下、それだけでは……」

だが、それでも縋《すが》りつく。

「ファウストよ、残念だが推測の段階で王家は動けぬ。お前の懸念は理解している。だが、それだけの事で国が動くことは出来ぬのだ。おそらくお前が望んでいること――国家全体が総力で立ち向かう準備を整えるとなれば、国民に多くの負担を強いる。第一、どうやって諸侯に来るかどうかもわからぬ戦の準備をしてくれなどと説得するつもりだ。絶対王政の国でもあるまいし、私がやれと命じたところで誰も応じぬ」

「ですが、それでは遅いのです！」

長椅子から立ち上がり、訴える。

アナスタシア第一王女、アスターテ公爵の両名はその私の行動を読んでいた様子で、全く動じない。

「錯覚と誤った希望はお捨てください!!」

「必死に国家総力戦の準備をして敵が来なかったら？　よかった、トクトアは来なかったんだね。それで済む話ではない。王家の権限と財源にも限界はある」

アナスタシア第一王女が冷たく突っぱねる。

続いて、アスターテ公爵が続ける。

「いつ来るか判らない敵というのは難儀なものだ。いつ来るか、それが確定しているならば良い。士気は持つ。だが何年も国家の総力戦準備を整えるというのは難しい。二年もかからず人はダレる。必ずやる気を無くす。機能不全に陥る。お前の述べたような錯覚と誤った希望を必ず抱く。トクトア・カアンが来るなど――東方交易路の先から遊牧騎馬民族国家がやってくるなどと、一体誰が言いだしたのだと、その内吊《つる》し上げが始まる。その時に」

椅子に座り、注いだワインを飲むよう促される。

それ、高いのだぞ。

場にそぐわぬような朗らかな声をわざと途中で上げ、アスターテ公爵が続ける。

私の緊張をほぐしたかったのだろうが。

「その時に、吊し上げを受けるのはお前だ。ファウスト・フォン・ポリドロ。私たち二人はそれを心配している」

「元より名誉など私には必要無い！　何と罵られようが構いませぬ!!」

声を荒らげる。

だが、アスターテ公爵の忠告には従おう。

椅子に座り、ワイングラスを少し舐《な》めて口に含む。

「それだけでは済まぬのだ、ファウスト。お前に罰を与えねばならぬ。カタリナ女王にそそのかされて、偽情報をわが国でまき散らした売国奴としてな」

悲し気に、アナスタシア第一王女が零《こぼ》す。

「国を想《おも》っての忠言、誠に有り難く思う。だがな、今はマズイ。私たちが命じたことではあるが、カタリナ女王と親交を結んだあとの行動は控えてもらいたいのだ。敵と内通しているとさえ取られる。ファウストよ。おそらくお前は明日やる正式報告の際に、それを周囲に訴えるつもりなのであろう。止《や》めておけ」

「何故《なぜ》ですか」

「お前を失いたくない。誰も信じてくれぬ。良くて精々、アンハルトを混乱させるためヴィレンドルフに妙な事をそそのかされたと笑われるのがオチだ。仮にお前の望みどおりを成し遂げたとて、もし予想が外れて国家総力戦の準備が無駄になればだ。お前を」

殺さねばならぬ。

名誉を失うだけでは済まぬ。

領土も奪われ、領地は王領となるであろう。

アナスタシア第一王女は口にもしたくないのか、それを告げなかった。

「……」

私は沈黙し、歯ぎしりでそれに応える。

どうすればいい。

アナスタシア第一王女と、アスターテ公爵の言葉は正しい。

どこまでも悲惨なぐらいに正しいのは理解出来るのだ。

私は英傑ではない。

以前、ヴィレンドルフの騎士たち相手にはアンハルトの英傑であるなどと啖呵《たんか》を切ったものだが。

アンハルト王都の市民からは英傑と認められていないだろう。

ヴィレンドルフの地における、レッケンベル騎士団長程の強固な立場にはないのだ。

ここに居るのは、ただ王家と縁があるだけの領民300名の弱小領主騎士がただ一人。

私はその現実に項垂《うなだ》れながら、言葉を続ける。

「なにも総力戦の準備を明日から、等とまでは言いませぬ。命令の上意下達、それぞれの兵が勝手に動かず、せめて最上位である殿下の命令通りに誰もが従うように。そうでなければ勝てぬと、脅威に対する認識をアンハルト諸侯において共有させることが必要なのです。準備への手抜かりや、相手への侮りがあっては負けるのです」

「許さぬぞ、ファウスト・フォン・ポリドロ」

必死な表情であった。

だが、私は覚悟を決め始めている。

アナスタシア第一王女とアスターテ公爵が表情を歪《ゆが》め、二人して私に詰め寄る。

「アンハルト国内に無用な混乱を招くことは許さぬ。お前が明日、我が目の前で吊し上げを食らう事など決して許されぬ」

「私は明日、リーゼンロッテ女王に諸侯、そして法衣貴族が並ぶ満座の席で、東方からの脅威を訴えるつもりです」

「聞け、ファウスト！　我らの忠告が聞けぬのか!!」

必死に止められる。

だが聞けぬ。

心の底から、私の事を想っての言葉だとは理解出来る。

戦友であるのだ。

お互いの血と汗が混ざり合うのを気にせず、甲冑《かっちゅう》姿で、まだお前は生きているかと互いを戦場で抱きしめ、その生を確認し合った仲だ。

だが、それでも。

それでも、私は。

「今日は、お二人にリーゼンロッテ女王への嘆願における援護をお頼みするつもりでした。だが、お二人は正しい。そして間違っているのは私です。それがアンハルトにおける、あらゆる貴族にとっての認識であり、どうにもならぬことを今知りました」

前世から得た情報だけで、勝手に狂っているのは私の方。

ここで馬鹿げた行動を取っているのは私の方。

この世界で仮想モンゴルが西征してくるなど、まだ何の根拠もないのだから。

より細かい情報をヴィレンドルフから入手出来ず、また殿下や公爵が神聖帝国から確実な情報を得ていないのも痛かった。

だが、もはや。

もはや、ここで訴えねば間に合わぬ気がするのだ。

私の前世の知識と、超人としての直感がそう告げている。

「それを承知で、明日はリーゼンロッテ女王に訴えます。覚悟と準備は済ませるつもりです」

「準備？」

失言だった。

これは言うべきではなかった。

頭を下げる。

「もはやこれまで。話は終わりました。狂った男の戯言《たわごと》と思い、お忘れください」

「馬鹿な事を言うな。お前があくまでもその気ならば、私たちとて協力をする。お前が吊し上げられる事などないよう、もっとオブラートに包んだやり方でだな」

「それでは足りませぬ。諸侯の誰もが目を醒《さ》ます、強烈な一撃を放つ必要があるのです。その機会も、満座の席である明日を除いてはないでしょう」

私は、頭を下げながら決意を固める。

あの手段しかない。

もはや、私に残されたのはたった一つの狂気の手段しかありえない。

この微妙に魔法が存在するファンタジー世界で、私の決意を示すために残された、たった一つの方法。

それによって私の覚悟を見せる。

吊し上げ等食らう前に、私の覚悟という物を見せてやる。

何、陰腹位は斬ってやるさ。

こんな国など正直愛してはいない、私を醜い姿の男と見下すクソッタレの国ではあるが。

別に王家の面々、リーゼンロッテ女王やアナスタシア第一王女、アスターテ公爵、ヴァリエール様が嫌いなわけではない。

それより何より。

「アナスタシア第一王女、アスターテ公爵、私はね。知りもせぬ誰かが我が領地に踏み入り、母の墓地を踏み荒らして歴史の波に流されて判《わか》らなくなってしまう事。それだけは何があっても許せないんですよ」

自分に与えられたグラスのワインを飲み干す。

再び口を開く二人の、その声はもう聞こえない。

歌のようにすら思える。

私にとって二人の必死な哀願じみた声は、凱旋歌《がいせんか》にも聞こえた。

これは領民300名足らずの愚かな領主騎士が、リーゼンロッテ女王に遊牧騎馬民族国家の脅威を判らせる、たった一つ残された賢いやり方なのだ。

いや、賢くはないか、むしろ愚かだ。

私は口の端を歪めながら退室し、第一王女親衛隊長アレクサンドラと談笑していたマルティナの手を引き、アナスタシア第一王女の居室を後にした。

第50話　ケルン派という宗教

馬車の中。

貸し馬車屋から借り受けた馬車である。

従士長であるヘルガが馬を操り、御者役を務めている馬車内。

馬車内には簡素な長椅子が固定されており、そこに私とマルティナが横に並んで座っている。

先に話を切り出したのは、マルティナであった。

「交渉は？」

「失敗した」

「でしょうね。元より無理なのです。この状況でアナスタシア第一王女とアスターテ公爵を説得するなど、無理だと思うておりました」

マルティナが溜《た》め息《いき》を吐《つ》いた。

私は無理を承知で頼んだ。

だが、現実を突きつけられただけであった。

私には力が無い。

より正確に言えば、力と成り得る情報源が無い。

説得力の根源と言えるものが何もないのだ。

「ファウスト様。何も今から急いで国家総力戦など訴えずとも良いと私は考えます」

「今からでなければ、何もかも間に合わぬと私は考える」

マルティナの言葉。

それを否定で返す。

「何をそこまで。根拠は？　焦る理由がどこに？」

マルティナの問い。

それに、少しの沈黙で返す。

外に出せぬ私の根拠は、余りにもユエ殿のトクトアの話と、前世でのモンゴル帝国のそれが似通っているから。

弱いな。

アナスタシア第一王女の言葉でも明確にされたが、なるほど確かに、トクトア・カアンの西征、モンゴル帝国のヨーロッパ西征が再現されるという話は、今の段階ではどこにも具体的な根拠がない。

この転生者の知識を以《もっ》てしてもだ。

だが、来てからでは遅い。

余りにも遅すぎるのだ。

マルティナに問う。

「マルティナ。我々が遊牧民族に対抗するには何が足らぬと思う？　答えてみよ」

「パルティアンショットに対する対抗策でしょうか。身近なところでは、クラウディア・フォン・レッケンベルが単純にその射程距離を超えるロング・ボウにて、それを撃ち破りましたが」

「そうだ、遠距離武器による損害に皆が浮き足立ち、高速移動に敵の戦列が対応出来ずに戦闘隊形が乱れる」

より長い槍《やり》、攻撃手段を持っている方が勝つ。

条理だ。

遥《はる》か太古から、それは変わらぬ。

私のポリドロ領民も、軍役の際は小規模のテルシオを編成している。

従士５名に持たせたクロスボウの他に、６ｍほどの特注の槍であるパイクを装備させている。

貧乏領地なので、全員に装備させるとまではいかず、剣を装備した者もいるがな。

そもそも少人数過ぎて意味ない気もするがな、アレ。

口の端で自分を笑う。

「マルティナに問う。平野における闘争とは何ぞや」

「格闘戦であります。騎士である騎兵が、歩兵を蹂躙《じゆうりん》する重要な兵器であります。母カロリーヌからはそう教わりました」

中世における闘争とは、前世現代での進化した機動戦とは違い、運動戦に尽きる。

非力な火力しか持たぬ時代、敵味方が同数ならば優れた移動能力を持つ方が必ず勝つ。

そしてトクトアの仮想モンゴル帝国は全員騎馬だ。

対してアンハルト・ヴィレンドルフ連合軍2万は騎士である数千と、領主騎士が率いる市民歩兵。

そして、その指揮系統は、完全に指揮官への忠誠心や能力に左右される。

臣下の臣下は臣下ではない。

封建的主従関係におけるそのシステムは、モンゴル軍に対し致命的である。

このファンタジー世界における通信機、水晶玉がある事で指揮系統のみは機能しているが。

それでも、領民は他の領主の指示にはまず従わない。

それこそ、王の命令にすら従わぬ事がある。

つまり、戦場において機動的な連携というものが将に左右されすぎるのだ。

対して仮想モンゴル帝国はどうだ。

ユエ殿のかつて仕えた王朝フェイロンを滅ぼした手腕は、話から聞くにモンゴル帝国そのままだ。

「マルティナ。遊牧民族は部族制のため、指揮官が倒れてもすぐに次席指揮官が指揮をとるシステムを取っている。そして長が命じれば、号令一つで連係して突破、迂回《うかい》、包囲、機動の3要素を容易に行う。トクトア・カアン率いる仮想敵国は、数万単位の軍でそれを自在に可能にし、そのための訓練を狩猟でもするかのように行っている」

「封建制の領主たちにはマネ出来ないシステムですね」

ヴィレンドルフ戦役では前線指揮官たるレッケンベル騎士団長を一騎討ちで倒した際、ヴィレンドルフ全軍の行動が一時停止した。

それにより勝利出来た。

そんなもの、仮想モンゴル帝国相手には望めない。

「ユエ殿からは詳細な話を聞いている。トクトアの率いる軍はおよそ10万人。全てが騎馬兵だ。さすがに全員が西征してくる事は有り得ない。だが、来るのは私の予想ではおよそ7万。これも確実性は無いが」

西方遠征軍はモンゴル兵5万に、2万人の徴用兵、さらに漢族とペルシア人の専門兵。

ワールシュタットの戦いではおよそ2万の騎兵、そうであったはず。

前世の知識故、このファンタジー世界における確実性など何もないが。

今の私に何一つ情報は手に入らぬし、アナスタシア第一王女ですらその情報は持っていない。

持っていれば、もっと私の話に聞く耳を持ってくれたであろう。

続報に関しては、絹の道《シルクロード》を——東方交易路を通る商人を通して情報を探ると言っていたカタリナ女王からの私信を待つしかない。

或《ある》いはリーゼンロッテ女王陛下が、神聖帝国から得た情報を私に漏らしてくれるか。

「なあ、仮に戦ったとして勝てると思うか？」

「勝てませぬ。ですが、そこまで想定が絶望的になるものですか？」

「ユエ殿の話によれば想定ではない。そしてユエ殿の王朝は、トクトア・カアンが束ねる10万を軽く超える兵数であった。それでも負けた。数だけの問題ではない絶望だからこそ焦っている」

前世のチンギス・カアン、その存在は世界のバグそのものだった。

第五の天使がラッパを吹いた。

私は天から一つの星が地上に落ちたのを見た。

その星に、底なしの深淵《しんえん》の穴を開いた。

すると、大きな竈《かまど》から出るもののような煙がその穴から立ちのぼった。

その穴から立ちのぼる煙のために、太陽も中空も暗くなった。

ヨハネの黙示録、七つの災厄の5番目。

蝗害《こうがい》にも譬《たと》えられる存在だ。

対抗手段は今から考えねば。

中央集権化などしている暇などどこにもないし、望んでいるわけでもない。

命令の上意下達。

トップダウンでの命令に領主騎士が、平民歩兵が黙って従う。

最低でもそれが求められるのだ。

そうだ、最低だ。

「何で糞《くそ》みたいな最低の基準のために私が命を張らなきゃならんのか」

「命を張るつもりですか」

「もう、それくらいはしなければどうしようもない状況だな」

軍権の統一。

中央集権化の時代にならねば、これも無理であろう。

だが、一撃で良い。

ただの一戦においてのみ、軍権を統一させる。

それだけならば可能ではなかろうか。

いや、可能にしなければならないのだ。

頭の血は巡る。

モンゴル帝国へのドクトリンを誰かが開発しなければならぬ。

ワールシュタットにおける、モンゴル帝国のまるで教科書のように見事な兵法への対抗策を、その想定を王家経由で神聖帝国に伝え、後はお任せするしかない。

神聖帝国には私などより遥かに知恵者がいるようだ。

脅威に対抗出来る防波堤を今から構築せよ。

今の段階で転生知識も無しに、そこまで読み切っている天才が神聖グステン帝国には居るのだから。

その女に、後は任せよう。

「ファウスト様」

「何だ」

私の思考を断ち切るように、マルティナが囁《ささや》く。

この懊悩《おうのう》を無視するようにして。

「いっそ逃げませんか？」

「何？」

マルティナの言葉に、目を丸くする。

何を言っているのだ、この9歳の少女は。

「私はファウスト様の決意を翻意させようと考えていました。それなりに考えました。東方交易路の東の果て、そこから遊牧騎馬民族が攻めてくるはずなどないと説得しようと考えました」

「奴《やっ》らは必ず攻めてくる。必ずだ」

「その確信はどこから来るのです？　この西方までの大遠征に、どこまでの物資が必要だと理解しているのですか。戦一つのために、どれだけの犠牲や苦労があるかご存じでしょうに」

遊牧民族の特性からだ。

滅ぼした王朝フェイロンの豊かな土地、そこから得られる徴税に満足して略奪を止《や》める。

そこで満足して停滞する。

それは農耕民族の考え方なのだ。

もっと多くを、もっと多くを、家臣に与えるべき沢山の土地を。

私は前世では理解出来なかったそれに、教科書で学んだそれに、やっとこの異世界で気が付いた。

確かな知性はあるが理性はなく、農耕民などは割りやすい貯金箱か、馬以下の存在としか見ておらぬ、略奪と虐殺を行える集団だ。

前世の歴史から見るに、本気でヨーロッパを征服出来ると信じているからこそ、来るのだ。

指導者の死による西征部隊への帰還命令がなければ、実際に可能だったであろう。

誰もこの世界では信じぬであろうが。

この世界では私だけ、そして神聖帝国の一部のみがトクトア・カアンの侵略を確信している。

あまりに悲惨な状況に、笑いそうになった。

「さきほど逃げると言ったが？　何処《どこ》へだ？　何処にも逃げ場など無い」

「神聖グステン帝国の奥深くにです。ファウスト様は超人です。どこでも厚遇される」

「マルティナ」

私は優し気に声を掛けた。

ああ、マルティナの9歳児とは思えぬ知能を以てさえそうなのか。

神聖帝国で世界は閉じている。

この世界の英国に、島国に逃げよとまでは言わぬか。

少し、おかしくなってしまって笑みが浮かぶ。

マルティナが膨れっ面になった。

「何故《なぜ》笑っているのです」

「そこは、島国まで逃げよと言ってほしかったな」

「言葉も通じぬ西の島国に？　存在だけは辛うじて聞き及んだ事はありますが」

地理は知らぬであろう。

まあ、この異世界の地理は前世と似たようで、少し歪《ゆが》んでいるがね。

位置的にはドイツ・ポーランドに近いと言っていいだろうか。

このアンハルト・ヴィレンドルフの両国の北方には草原地帯が広がっている。

なかなか愉快な地形をしているものだ。

「また笑う」

「悪い」

膨れっ面のマルティナに、謝罪を返す。

今の笑いは、お前への笑いではなく、この中世もどきのファンタジー世界における地形

の歪《いびつ》さを笑ったものであるが。

全く、妙ちくりんな世界に生まれついてしまったものだが。

何はともあれ。

「私は逃げんよ」

「それは何故？　まあ聞くまでもありませんが」

「領民と領地に、全ての財産が残っている。私一人ならば母の遺骸を掘り起こし、持って逃げられるかもしれんが」

母は嘆くであろう。

何故我が領地を見捨てたと、母の骨が私の身体《からだ》にしがみつくであろう。

「祖先が人を縛り、大地が人を縛っている」

「ですね」

「だが、私はそれを否定しない」

祖先が人を縛り、大地が人を縛っている。

これはナチス・ドイツのアドルフ・ヒトラーの演説の一句であったかな。

どうしようもねえな。

アドルフ・ヒトラー自体には問題があるが、この一句だけは実に核心を突いている。

ポリドロ領は私と私の領民が縋《すが》りつく全てなのだ。

これだけは手放せないものなのだ。

手放すくらいならば、死んだ方がマシだ！

「さて、ではマルティナにも納得してもらったようで、行くとしようか」

私はわしゃわしゃと、マルティナの銀髪を撫《な》でる。

子供の髪質だけあって、それは手に心地よい感触を与える。

その手を跳《の》ね除け、少し怒りながらマルティナは言う。

「何処へ行くんですか」

「教会だ」

私は短く答えた。

マルティナは、教会に行く用件が思い浮かばないようで、少し戸惑う。

「教会？　神頼みですか」

「そうさ、神頼みさ」

文字通り、神頼みなのさ。

ここが魔法も奇跡も伝説もあるファンタジー世界で良かった。

おかげで、私の覚悟が示せる。

陰腹を斬る事に変わりはないがね。

そうでもしなければ、誰も認識してくれないのだ。

いや、そこまでしてさえ、理解してもらえないかもしれない。

それでもやらざるをえないのだ。

私は狂っている。

狂っているのだろう。

もっと良い手段があるのではないか、もっと知恵者に知恵を強請《ねだ》るべきではないか。

ずっと、そう考えてはいる。

だが、アナスタシア第一王女も、アスターテ公爵も、聡《さと》い9歳児のマルティナも、私の求める答えは返してくれなかったではないか。

不定の狂気に陥った、私の取り得る手段はもはやこれしか無いのだ。

「ファウスト様、教会から嫌われてませんでしたっけ？　教皇が禁止を命じたクロスボウを好んで使うから」

「それでも、我が領民300名の領地に、教会はちゃんと在ったであろう」

「まあ、確かにありましたが。アレはねえ」

アレ。

マルティナがそう呼ぶ教会派閥の、王都に所在する大教会。

その前に、馬車が辿《たど》り着く。

「ファウスト様、大教会前に到着しました」

「有り難う、ヘルガ」

私は従士長であるヘルガに答え、馬車を降りる。

ケルン派。

この大教会は、ケルン派と呼ばれる一神教の小派閥の教会である。

実際、小派閥らしく大教会とは言っても小さな教会だ。

この異世界は、やはり一神教が大勢を占める世界ではあるのだが。

そもそも、今世の西洋では教義の解釈違いで、または礼拝作法の違いで、異様な数に分かれている。

ヴァルハラ、北欧神話のその思想が混ざっているのが、この世界の一神教だ。

訳が判《わか》らんだろう。

クリュニーだのシトーだの前世に似通った教派までは判る、それ以上の事は判らぬ。

ハッキリ言ってしまおう、この世界の教派の全てを把握するのは諦めるべきだ。

宗教は複雑怪奇にして面倒臭いし、そこまで私は宗教に詳しくもない。

まあ、魔法のような偉業、要するに奇跡を達成した聖人が過去におり、一神教が大勢を占めている。

それさえ理解出来ていれば、私はそれでいい。

そしてケルン派である。

一言で言おう。

敵の山賊から鹵獲《ろかく》したクロスボウ、これについて我がポリドロ領にいるたった一人の神父、いや、この世界では神母に聞いたところ。

「ゲットしたならガンガン使っていきましょう。これは神の恵みです」

ぐっ、と握り拳を作って、そう答えたのがケルン派だ。

教皇がクロスボウを禁止している世界の真っただ中での、神母の発言である。

頭がおかしい。

まあ拒否されても、領民の犠牲者数を減らすために私はクロスボウをガンガン使ったはずだがな。

「お前は馬車に残れ、マルティナ」

「私も行きます」

「来るなと言っている」

お前はケルン派司祭との会話の最中に、必ず邪魔をするであろう。

それは今の狂いつつある私でも判っている。

だから、今回は邪魔なのだ。

「これは騎士見習いへの命令だ。マルティナ。馬車に居ろ」

「……承知しました」

これでマルティナは断れない。

さて、行くか。

私は馬車を降り、ヘルガにマルティナを見張っていろと命じ、ヘルガさえも断ち切る。

この場からは私一人である。

さて、狂気が勝つか、理性が勝つか。

リーゼンロッテ女王への上奏を行う前に、狂ずる準備の下ごしらえと行こうか。

私は口の端を歪めて笑いながら、教会の中へと入って行った。

第51話　弾丸は一発しかない

シスターは居ても、ブラザーはいない。

いきなりそんな思考が頭に浮かんだ。

神聖帝国の教皇、枢機卿《すうききょう》、そして司教、司祭、さらには神父。

それらの事をファーザーと呼ぶことは無い。

というか、前世での神父はいない。

この世界では、その役職が神母と呼ばれる。

つまり全員が女である。

そもそも一神教を興した前世でのキリスト的存在からして、この異世界では女であるのだ。

そして男の信徒たるブラザー、いわゆる修道士は通常教会にはいない。

なにせ貞操観念逆転世界であり、出産男女比率が1：9まで追い込まれている世界である。

男が10人以上の子を作らねば世界は詰まり、人口は減少の一歩を辿る。

人類が滅亡するのだ。

よって、余程特殊な事情が無い限り、教会に若い修道士が居ることはまず有り得ない。

まあ、世情ゆえ致し方なし。

何故《なぜ》だか、シスターの修道服だけは前世のそれと似通っている謎があるが。

この狂った世界で、ベールで覆ったそれを着て神への純潔を象徴し、肌の露出を抑える必要が何処《どこ》にあるのであろうか。

あまり気にしない方が良いのであろうな。

どうでもよい、どうでも。

今はただただ、ここに訪れた目的の事だけを考える。

「司祭の許《もと》までご案内いたします。そして報謝には心から感謝を」

「領民を含め世話になっている立場であるのに、少ない金銭で申し訳ない」

「いえいえ、ポリドロ領の領民全員が我がケルン派の信徒であります。それだけで、ポリドロ卿《きょう》は我が司祭に御会《おあ》いになる権利があります」

歓迎はいつでもしてくれるのだけれどね。

はあ、と溜《た》め息《いき》を吐《つ》く。

ケルン派。

前世ではどこぞのドイツ地方における絵画の総称か、あるいは三聖職諸侯家の名であった気がするが、この世界では神聖グステン帝国の正統宗教を崇《あが》める小派閥の教派の一つだ。

小派閥といっても、派閥が出来上がるくらいには大きい。

そして信仰対象にも違いはない。

最大の違いは、前世におけるシトー会やクリュニー会。

自ら農具を手に取り、労働と学習を重んじて農民の開墾を指導したシトー会。

戒律のうち祈禱《きとう》を重んじ、豪華な典礼を繰り広げ貴族的とも言われたクリュニー会。

それらとは全く違う存在。

というか、この異世界の宗教教派はどいつもこいつも、皆が好き勝手やっているというか。

そもそもの一神教自体が北欧神話を強く取り入れ、戦士の死後はヴァルハラにエインヘリヤルとして迎え入れられるという思想が存在するというか。

あれだ、もう私にはわけがわからない。

一言で言おう。

この異世界の宗教は、いろいろ狂っている。

ゆえに詳しく知りたくなかったし、同時にその機会も無かった。

私はもう領土に前の前の前の前の前の代から領地にへばりついている教会、ケルン派の事しか良く知らぬ。

母マリアンヌは、言った。

ウチの教会は少し他人様《ひとさま》とは違うけれど、まあそういうものだと納得しなさい。

そう言った。

余所《よそ》の領地の皆様にも、ケルン派を酷《ひど》く毛嫌いする皆様にも、その説明で納得してもらいたいものだが。

それは無理であろうなとも思っている。

ウチは余所様とは違うけど、別に構わないとも思っている。

「それはさておき、ポリドロ卿。今現在のクロスボウは何挺《なんちょう》ありますか?」

「山賊どもから鹵獲した、5本であります」

「それは素晴らしい」

何が素晴らしいのか。

このケルン派では、教皇が禁忌としているクロスボウを戦場で用いることを推奨している。

平民でも騎士が殺せる武器、なんて素晴らしい物だと。

アカンやろ。

少なくとも前世では、チェインメイルを装備した騎士相手でも平民が容易《たやす》く殺せる武器だからこそ、クロスボウを禁止した説があったぞ。

本当かどうか知らないけれど。

何故ケルン派は逆張りするのだろうか。

母マリアンヌは、かつて言った。

ウチの教会は本当に他人様とは違うけれど、まあそういうものだと納得しなさい。

納得出来ませせぬ、母上。

明らかに駄目ではないかと。

我が信仰は、教皇が指し示す方針に真っ向から反発しております。

何故教派として存続が許されているのかすら疑問に思う。

いや、教皇の方針をガン無視している騎士の私が言ってよい言葉ではないかもしれぬが。

そもそもクロスボウの使用に関しては、アンハルトもヴィレンドルフも、神聖帝国の殆《ほとん》どの騎士が誰も守っていない。

だって相手が使うから、こちらも使わないと領民が死ぬもの。

私個人はクロスボウぐらい普通に剣で叩《たた》き落とすから死なないけれど。


「最近は火器も発達してきました。音だけの玩具《おもちゃ》と言われた昔とは違い、騎士の甲冑《かっちゅう》の胸当てですら貫通するようになりました。どうです、あのマスケット」

シスターが、教会の中央に飾ってあるマスケット銃を指さす。

マクシミリアン甲冑。

前世ではそうとも呼ばれた、自身のフリューテッドアーマーの胸当てを撫《な》でる。

さすがに超人の私でも、銃弾を剣で弾《はじ》くのは難しい。

不可能とまでは言わないが。

だが。

「確かに火器の進化は目を見張るものがあります。ですが、この魔術刻印が刻まれた鎧《よろい》は撃ち抜けないでしょう」
「それは反則ですね」
シスターが朗らかに笑う。
今まで、他人様と違う、他人様と違う、と何度か繰り返し言ったが。
結論から言ってしまおう。
マスケット銃を教会中央に飾っているように、ケルン派は火力を信仰している。
異端の敵を打ち払うには、まず火力を。
味方を救うためには、敵を一兵でも多く殺せ。
それが教派の主張である。
まあ、言いたいことは判《わか》る。
だが、宗教家がそれを言うのはどうなのだろうか。
これは前世の感覚からの違和感なのだろうか。
いや、しかし前世での騎士修道会は、修道士が騎士をやっていたし。
この異世界での騎士修道会も、当然のごとく修道女が騎士をやっている。
懊悩《おうのう》。
前世の知識、現代人としての道徳的価値観、現世での騎士としての誉れ。
我が領地がケルン派を信仰しているという事、他の宗派を信仰する気は欠片《かけら》もない事。
それが頭の中で混ざり合って、だんだん頭痛が酷くなるがまあ良い。

今回の目的は、ケルン派の教派としての教義戒律云々《うんぬん》を問うために来たのではない。

「それで、司祭はどちらに？」

「今は懺悔《ざんげ》室にて、信徒の告解を受けている最中です。すぐお戻りになると思いますので、こちらへ」

教会の一室。

シスターに連れられ、その一室に入る。

私は自分の身長2mの寸法には見合わない小さな椅子に座り、彼女を待つ。

その向かいには、大きな司祭の机が設置されている。

この大教会の司祭とは面識があった。

もう二年ほど前になるか。

ヴァリエール様の相談役になる前、ポリドロ領の代替わりのため必要なリーゼンロッテ女王への謁見を、三か月もの間待たされている中で。

なんとかこの順番待ちを無しにして謁見出来ないかと、この大教会の司祭に頼み込んだ事がある。

その時は、苦渋の表情で断られた。

ケルン派は小派閥ゆえ、国家の政治に干渉出来る能力は無いと。

ましてケルン派はそういう交渉術に長《た》けていないと。

結局、その後に私はヴァリエール様の相談役となり、リーゼンロッテ女王への謁見は叶《かな》ったから良いのだが。

ああ、そうだ。

このケルン派に、アンハルトの政治への干渉能力はない。

そういった手練手管に長けているわけでもない。

それでもここに来た。

神頼み。

たった唯一、私が考えたリーゼンロッテ女王への嘆願方法を引き寄せるために。

私はシスターが立ち去った後の司祭室で、ただひたすら彼女を待つ。

「お待たせしました」

やがて、司祭が現れた。

年老いている。

さすがにヴィレンドルフの軍務大臣よりは若いだろうが、老境に差し掛かっていると言ってよい。

出迎えるべく立ち上がった私の巨軀《きょく》に対して、小さな司祭はゆっくりとした歩みで司祭机に向かう。

そして、これまたゆっくりと椅子に座り、私の顔を見てコホンと咳《せき》を一つついた。

「二年ぶりですね、ポリドロ卿」

「お久しぶりです。何分忙しく、訪ねる機会がなく申し訳ありません」

司祭の、これまたのんびりした言葉のペースに合わせる様に、自分の頭を下げる。

「いえいえ、お忙しいのは理解しています。アンハルトの英傑、信徒ファウスト・フォン・ポリドロ。正直言いまして、二年前に御会いした奇妙な男騎士が、ここまで騒がれる人物になるとは思ってもみませんでした。我がケルン派の洗礼を受けた信徒が英傑になるとは、全く誇らしい事で」

「恐縮です」

「先ほど、シスターから少なくない報謝も受け取ったと聞きました。司祭として御礼《おれい》を申し上げます」

ぺこりと、司祭が頭を下げる。

自分の腰ほどのサイズしかない老婆に頭を下げられると、何処かこそばゆくなるもので、できれば止《や》めてほしいのだが。

まあよい。

今日はそんな話をしている場合ではない。

「司祭、今日は大事な話が有って参りました」

「はて、今をときめくポリドロ卿が、このような老婆にお話とは？」

「司祭にしか出来ないお願いなのです」

私は頭の中で、頼みたい案件を思い浮かべた。

要点はハッキリしている。

話の持って行き方も、全ては頭の中で準備してある。

それを整理した後、まず一つの事を尋ねる。

「まずお聞きします。司祭は神聖帝国から、何かお聞きになっている事がありませんか？」

「はて？」

とぼけた表情をする司祭。

だが。

私がじっと司祭の目を見つめ続けると、観念したように答えた。

「全てご存じのようですね。確かに帝都に滞在していらっしゃる枢機卿《すうききょう》から司祭クラスには通達がありました。戦に備えよ、脅威に対抗出来る防波堤を構築せよ、と。いざという時はこの老骨も、身体《からだ》に鞭打《むちう》ってマスケットを片手に戦に挑む構えです」

「おそらく、枢機卿が通達したかったのはそういう事ではないと思います」

仮想モンゴルへの恐怖から市民たちを精神的支柱として安堵《あんど》させ、いざという時は市民を教会に匿《かくま》え。

そういうことを言いたかったのではないかと思う。

まあ、仮想モンゴルは教会に逃げ込んだところで宗教への敬意も無く、ただ教会に火をつけ、出て来た市民を虐殺するだけだろうが。

そもそも、モンゴルがどうとかではなく、普通に神聖帝国の騎士も教会に火薬で火をつけて爆破したりするしな。

教会を見れば「貯金箱だ！」と叫んだりする。

富を積んだ貯金箱は割られるだけである。

世の中何処《どこ》も彼処《かしこ》も、兵士が乱暴なのは同じである。

「伝わってるなら話は早い」

「と言いますと」

「リーゼンロッテ女王」

私は単刀直入に、その名を口に出す。

「如何《いか》にして彼女を説得し、国家を動かすか。その決め手に欠けております」

「ふむ。それに我がケルン派が何の役に立つとお考えで」

「神託」

また短く、言葉を告げる。

「私に、神からの神託があったと言ったならば如何《いかが》いたします」

「ほう。それはそれは」

司祭の目が、少しばかり見開いた。

「神託、神の声を聞いたと発言した超人は今まで何人もおりました。ですが」

「知っています。その末路は全てろくでもない」

「ええ、御承知の通りです。もっとも有名な例は他国の『彼』でしたか。神の声を聞いたと、農夫の子から産まれた珍しい男の超人。最後は異端審問に問われ、火炙《ひあぶ》りの刑に。復権裁判は行われ、既に名誉こそ回復されたものの……全く惨《むご》い事をするものです。貴方《あなた》もそれになりたいと？」

さてはて。

ここからどう立ち回るかだが。

「七年以内に黙示録、七つの災厄の5番目、それにも等しい存在がこの神聖グステン帝国を襲うと言えば信じますか？」

「信じられませんね」

「たとえ私が神の声を聞いたと訴えても？」

司祭の目を見据える。

司祭はそれに応え、ゆっくりと言った。

「止めておきなさい。神への冒瀆《ぼうとく》に、神は必ずや神罰を下すでしょう」

「司祭」

「これは貴方の事を想《おも》って言っているのです。信徒ファウスト。私も出来る限りの事はします。司教を通じ、枢機卿に情報が伝わるように手紙を送りましょう」

残念ながら、それじゃあまるで足りないんだよ。

私は心の中で舌打ちする。

「司祭。私は冗談でこのような事を、神の声を受けたと口にしているわけではありませんよ」

「貴方が何らかの確信をもってそれを訴えているのは理解出来ます。だからこそ引き留めています。落ち着きなさい、信徒よ。神は貴方を見捨てていません。そのような自己犠牲を試みずとも、神は必ず貴方を御守《おまも》りくださいます」

もう遅い。

この狂気は、すでに私の頭を蝕《むしば》んだ。

「司祭。明日のリーゼンロッテ女王との謁見、説得の際に是非貴女《あなた》もご一緒していただきたい。引きずってでも連れて行きます」

「説得は構いません。それで貴方が満足するのなら従いましょう。協力も致します。ですが、私は貴方が神の声を聞いた等《など》と発言した場合、その場で敵対して国を想うがゆえの妄言と切って捨てます。それでもよろしいか」

それで結構。

付いてきてくれるなら、それだけで良い。

これでもう、貴女は逃げられない。

私は両手を上げて、降参のポーズをとる。

「判《わか》りました、司祭。貴女は説得に協力してくださるだけで結構」

「判ってくださったなら結構です。安心しました」

司祭が胸を押さえ、ほっと溜《た》め息《いき》を吐《つ》きながら微笑《ほほえ》む。

全ては私の計画通りに進んでいる。

「それでは、明日の朝に馬車で迎えに参ります」

私は立ち上がり、それだけを言い残して立ち去る事にする。

全ては計画通り、順調に進んでいる。

さあ、マスケット銃に弾薬は装填された。

だが私の弾袋には、弾丸は一発しかない。

一撃でリーゼンロッテ女王の心を仕留められるか。

それだけが問題だ。

天が落ち来たりて、我を押し潰さぬ限り、我が誓い破らるることなし。

さて、陰腹を斬る準備は出来たかファウスト・フォン・ポリドロ。

騎士の身分を得た者を縛り、かつ守る、神への誓約。

それを為《な》す覚悟は出来たか、それに後悔は無いか、最後にもう一度だけ自分に問いかけて。

私の暴走した思考は、黙って首肯した。

第52話　軍権は誰も手放さない

第一王女アナスタシア様の居室。

そこの椅子に座る二人、そして傍《そば》に立つ一人は重苦しい面持ちでそこに居た。

座っているのはアナスタシア様にアスターテ公爵。

二人から経緯を聞き、口を引きつらせて立ち尽くしているのは、私こと第一王女親衛隊長アレクサンドラである。

私は口を開いた。

「どうされるおつもりですか」

「まず待つ。ファウストが王宮を去った後の行動報告が、そろそろ上がってくる。ファウストは今日、必ず普段とは何か違う行動を起こしている」

「報告?」

それにアスターテ公爵が答え、首を頷《うなず》かせる。

「王都滞在中、ファウストには常に監視の目を光らせている。余計な虫がつかないように」

「ファウストを利用しようとする、変な貴族に近づかれても困るのでな」

アスターテ公爵、次にアナスタシア様が言葉を繋《つな》げる。

いや、どう考えてもそれ、他の貴族の女からポリドロ卿《きょう》を隔離したいだけでしょうに。
二人はポリドロ卿を独占したいのだ。
そう思ったが、私は賢い女なので真実を見抜けぬふりをする。
頭チンパンジーの集団と言われる第二王女親衛隊とは違うのだ。
沈黙の代わりに、コホンと咳《せき》をする。
それと同時に、ノックの音。
このアナスタシア様の居室には、客人が来る予定など無いはずだが。
まあ、まさか宮殿を守る衛兵が暗殺者を通す事など有るまい。
「用向きを確認します」
だが、私は念のため抜剣の心構えをしてドアに近づく。
アナスタシア様は、そんな私の背中に声をかけた。
「おそらく私か公爵家の手の者だ。心配はいらん。よい！　ドアを開けて入ってこい」
カチャリ、とドアノブを開く音。
そこに姿を現したのは、私も良く知る顔であった。
法衣貴族、それもかなり上級の一人である。
その家系は――
「マリーナ・フォン・ヴェスパーマンであります！」
元気よく自分の名を叫んだ、先日家督相続を済ませたばかりの法衣貴族。

歳《とし》は未《ま》だ16歳であったはずだが、この国の貴族の家督相続は早い。

その家系は、我が国の諜報《ちようほう》を担っている。

周辺各国に手配した諜報員の統括者である。

王家命令により吟遊ギルドと時に交渉し、市民の情報操作も行う。

また他国、もしくは自国の不要な貴族の暗殺を担いもする。

要するに、秘密工作を生業《なりわい》とする貴族たちの代表である。

もっとも、表向きは単なる外交官の一人に過ぎないのだが。

「本日は、ポリドロ卿の行動に不審な点がありましたので、ご報告に」

確か、コイツ次女だったよなあ。

本来は第一王女親衛隊に入る予定であったはずだが、長女が駄目で、そうだ、思い出したぞ。

長女は第二王女親衛隊長のザビーネ・フォン・ヴェスパーマンであったはずだ。

あのチンパンジーが秘密工作の統括なんぞ出来るわけないだろ、という親の判断で放逐されたのだ。

甚《はなは》だ慧眼《けいがん》であると思う。

もっともヴァリエール様の初陣にて村人を扇動し、徴兵を成功させた英傑詩を聞く辺り、ザビーネも決して侮れたものではないが。

それでもやはり、あのザビーネには騎士として根本的欠陥がある。

ヴェスパーマン家が、家から放逐したのは正解ではなかろうか。

まあ、それはいい。

「本日、ポリドロ卿は王宮を去った後、その足でケルン派の大教会に向かわれました！」

「ケルン派の教会か。確か、ファウストはケルン派の信徒であったはず。だが」

アスターテ公爵が、人差し指でコメカミをこんこん、と叩《たた》く。

「私の知る限り、ここ二年間はファウストが大教会に訪れたことなどなかったはずだぞ？　礼拝は下屋敷近くの教会で済ませていたはずだ」

「はっ！　ポリドロ卿の監視を命じられた後、今までの行動履歴には無い行動であります！」

マリーナのハキハキとした声が、居室を包む。

アナスタシア様と、アスターテ公爵を前に緊張しているのか？

そう思ったが、どうやらこういう性格らしい。

「アナスタシア、こりゃ駄目だ。自分の信仰する教派の司祭に応援頼みに行ったぞ」

「ケルン派の司祭の性格はどうであったか、知っていれば報告せよマリーナ」

「はっ！　存じております」

マリーナがアナスタシア様に視線を合わせ、またハキハキと報告を行う。

「御承知の通りケルン派は火力を信仰する小派閥であり、クロスボウの使用を肯定し、また新たに火薬を用いてのマスケット、火砲の学術研究に知識層の力を注いでいる派閥であります。その大教会の司祭も、当然それに倣った性格であります」

相変わらず頭がおかしいな。

だが小派閥ながらも、そのルーツは古い。

ケルン派の頂点である司教は、枢機卿《すうききょう》にも選ばれている。

「平和を欲さば、戦への備えをせよ。ケルン派は軍事行動において準備を万全にしておくことの重要性を強調し、常に国家への警告を発しております！　司祭も同様で、リーゼンロッテ女王に常日頃から戦時への準備を訴え、鬱陶しがられていると母から聞いております!!」

マリーナが報告を終え、口を閉じる。

そしてアナスタシア様と、アスターテ公爵は顔を見合わせた。

アスターテ公爵が、まず口を開いた。

「こりゃファウストの奴《やつ》、王城にケルン派の司祭を連れ込むつもりだぞ」

「一緒に、遊牧騎馬民族の脅威を訴えるつもりか？」

「それは確実だ。ただ」

アスターテ公爵が、言葉を濁す。

ただ、何であろうか。

「何か違う気がする。ファウストの奴、何か企《たくら》んでないか？」

「何を企むと言うのか。まさか、ケルン派の司祭と共謀して神託だとでも訴えるつもりか？　冗談じゃない、神の声を聞いた等と発言した人間の末路はファウストも十二分に知っているだろうさ」

「それもファウストは考えたと思う。そして覚悟の上で、その手段を模索したかもしれぬ。だが」

視線。

アスターテ公爵はマリーナに目配せし、尋ねた。

「マリーナ、答えよ。仮にファウストが、トクトアの西征を神託によって予測したと発言して、それをケルン派の司祭は認めるか？」

「認めないかと」

短い返事。

「自分の信徒が、自ら火炙《ひあぶ》りになるような事を望んで歩みを進める。それを認めることなど、ケルン派の司祭とて有りはしませぬ。おそらく、その逆に止《や》めるよう説得するのではないでしょうか」

「だろうな」

アスターテ公爵が、自分の発言を認められてほっと一息つく。

いくら頭がおかしく、軍事行動に重点を置くケルン派の司祭でもそれは認めない。

まして神託の虚偽など。

「だが、だがな。それでもファウストは何かやらかすぞ」

その美麗な顔を引きつらせながら。

アスターテ公爵が、頭を少し沈めて呻《うめ》くように言う。

「お前はどう思う、アナスタシア。あの時のファウストの様子は尋常なものではなかった。まるで自分とは違う亜種の生物に貪り食われるような、根源的な恐怖を訴えていた」

「ファウストの感じている恐怖は本物なのであろう。その訴えも、本人の中では真実なのであろう。だが、客観的な情報がまるでない。マリーナ、尋ねよう」

アナスタシア様が、マリーナに視線を向ける。

マリーナは、はい、と短く答えた。

「お前も法衣貴族、それも諜報員の統括者なら知っていよう。東方交易路における東の果ての王朝、それを滅ぼしたトクトア・カアンは7年以内に西征してくると思うか」

「思いませぬ」

簡素な返事。

マリーナ・フォン・ヴェスパーマンはハッキリと答えた。

「まずは滅ぼした王朝、奪い取ったその地盤を固めるでしょう。せっかく農耕が出来る豊かな土地が手に入ったのです。自分が耕す必要さえない、税収を得るための領地が手に入ったのです。豪雪、低温、強風、飼料枯渇、あらゆる艱難辛苦《かんなんしんく》に遭い、食料に飢え、水にまで飢え、家畜の乳で喉を潤す遊牧民族。略奪で腹を満たす者たち、その安泰が叶《かな》う領地が手に入ったのですよ？　もはや貯金箱を割る必要もない。常に金を吐き出す貯金箱を手に入れたのですから」

マリーナの視点。

それは我々の視点でもある。

「聞く話によれば奪った王朝の土地は神聖帝国のように広く、支配を続け租税を集めるだけで数少ない遊牧民族どもの腹を満たすには十分すぎる程でしょう。何故《なぜ》わざわざ東方交易路の果て、神聖帝国まで西征を？　腹が満ち、支配した土地で贅沢《ぜいたく》が出来るなら、それでもう良いではありませぬか。西征するためにどれだけの物資を必要とするのか計算出来るならば、もう今代は終わりです。攻め込むのは次代でもよい。支配域を一気に広げる必要はない。これ以上の成果を望む必要がどこにあるというのです」

疑問。

純粋な疑問をマリーナは浮かべた。

だが。

「そうだ、そう思うのが普通だ。普通なんだ。我々の常識では、そうであるべきなんだ。だが」

ファウスト・フォン・ポリドロは、ポリドロ卿は全くそう考えてはいない。

遊牧民族の本願とは何ぞや？

その本性を突き止めたような表情であったと、アナスタシア様からは伺った。

それに。

神聖グステン帝国の見解は「戦に備えよ、脅威に対抗出来る防波堤を構築せよ」で固まっている。

さすがに、ポリドロ卿の言うように後7年以内に来るとは考えていないだろうが。

確かに人間の形をしてはいるが、野獣の獰猛《どうもう》さをもって生きている者たち。

幾度も歴史上で訪れた遊牧騎馬民族の再来が、また訪れるとでも言うのか。

「決めたぞ、アスターテ。明日はファウストの味方をする。味方をすることで止めるのだ」

「それしかないか」

アナスタシア様の決心した言葉に、アスターテ公爵が頷《うなず》いた。

「もうそれしかないのだ。明日、母上の前で、法衣貴族や諸侯が並ぶ満座の席でファウストに暴走させるわけにはいかん。母上や諸侯の面前にてファウストの主張、遊牧騎馬民族の脅威だけは嘆願させるのだ。それでファウストが落ち着けば、それでよいではないか」

「それでファウストが止まるか？」

「正直に言おう、判《わか》らん」

アナスタシア様は、苦悩するように言った。

「大領の諸侯ならば、それなりの法衣貴族ならば神聖帝国が警戒していることも知っているかもしれぬ。ファウストの言葉の全てを最初から否定する者もいまい。だが、明日は」

「ヴィレンドルフとの和平調停が成った盛大な式典だ、小領の地方領主も訪れる。知らぬ奴もいる、か」

「どこまで、抑えられる？」

ファウスト・フォン・ポリドロの嘆願を鼻で笑う女を。

事情も良く知らぬ、馬鹿な女たちが場もわきまえず、ファウストの嘆願を嘲笑《あざわら》う事を。

それでポリドロ卿《きょう》が憤激する事態を、どうすれば避けられるか。

眼前の状況では、それを避けることが先であった。

アナスタシア様と、アスターテ公爵が懊悩《おうのう》する。

私もマリーナも、もはや横から口を挟むことは出来ない。

「私とお前、その二人の言葉で抑えつける。まさか我々がファウストに味方し、それでもなお嘲笑う馬鹿貴族がいるとは思えん」

「だが、ファウストの嘆願がそのまま通っても、それはそれで困るぞ。それは？」

「母上に、今から話を通しに行くぞ。母上にはファウストが暴走する事の無いように、その主張全てをまずは吐き出させ、それに首肯させる。そこから」

そこから。

一度、アナスタシア様は言葉を止め、息を吸う。

「ファウストには悪いが、話を濁す。彼の主張を通すわけにはいかん。国家総力戦、いや、ファウストはすぐにそこまでは望まぬと言っていたな。命令の上意下達、情報と認識、トクトアに対する脅威をアンハルト諸侯において共有させ、軍権を統一させることが目的だと言っていたが」

「誰も従わぬ」

「そうだ、誰も従わぬ」

ポリドロ卿の言葉に耳を貸す者は、それが少領の領主であればあるほど応じぬだろう。

小なりとはいえ領主だ。

軍権だけは決して手放さぬ。

それこそ、ポリドロ卿が言うように「そうしなければ全てを失う」状況にならない限りは。

「では、行こうか。母上に話を詰めに行くぞ。マリーナ、ご苦労であった。退室してよい」

「かしこまりました」

マリーナが、ゆっくりと足音を立てぬように居室から出ていく。

そして、アナスタシア様が立ち上がる。

だが、アスターテ公爵は未《いま》だ長椅子に座ったままだ。

「アナスタシア。とりあえず落ち着け。今の時間は、リーゼンロッテ女王は親子の会話中だろうよ」

「うん、そうであったな」

アナスタシア様が、再び椅子に腰を下ろす。

アスターテ公爵は、お互いのグラスにワインを注ぎ出した。

「母上はヴァリエールに、ファウストの嫁に行く気があるかどうか確認中であったな」

「まあ、ファウストがそれを了承するかしないかは、私もわかんないけどねえ。どっちだろうねえ」

「というか、ファウストの了解は取らなくても良いのか？　明日、いきなりファウストとヴァリエールの婚約を発表するのか？　まだ何の打診もしてないぞ」

今更な疑問。

アナスタシア様がそれを口にする。

「本来ならば、昨日それを話したかったのだが」

「ファウストの勢いに終始押されっぱなしだったからな、仕方ない」

ワイン瓶が空になる。

お互いのグラスにワインを注ぎ終え、アスターテ公爵は大きく溜《た》め息《いき》を吐《つ》いた。

「明日、どうなるものだろうか」

「どうにもならない。今更考えても、なるようにしかならない」

時間が短すぎた。

和平調停の報告、旅の垢《あか》を落とすためにと一日置いたが、一週間置いてもよかった。

だが、わざわざ今回の和平調停の報告を聞きに、国中の小領の領主たちが王都に集まってきている。

ファウストの功績に、王家がどう応えるのか。

それを見届けるためにだ。

余り日付を先延ばしにするわけにもいかぬ。

「状況は、最悪だ」

「アナスタシア、ワインを飲め。それを飲み終えたなら、ゆっくりとリーゼンロッテ女王の許《もと》へと向かおう」

アンハルト王家、トップスリーの内二人の懊悩。

私ことアレクサンドラはそれを見届けながら、それに共感するように溜め息を吐《つ》いた。

明日、ポリドロ卿が暴れるようなことがあれば、それは王家にとってもポリドロ卿にとってもよろしくない。

アレクサンドラは心の中で、何事も上手《うま》くいきますように、と神に祈った。

第53話　回想

私こと、ヴァリエール・フォン・アンハルトと。

ファウスト・フォン・ポリドロが出会ったのは、二年と少し前の事である。

私はあの頃、第二王女相談役として後見人になってくれる立場の人間を――

より具体的に言えば、兵力を有する荘園《しょうえん》領主を。

私のバックとなってくれる立場の、いざ初陣となれば兵を気前よく出してくれる領主騎士を探していた。

お母様、リーゼンロッテ女王は相談役を用意してくれなかった。

「貴女《あなた》の姉、アナスタシアは勝手に用意したのだから、貴女も勝手に用意しなさい」

とは言われても。

王家権力トップスリーの内、三番目のアスターテ公爵が姉さまの後見人なのはズルいだろうにと思う。

まあ、今考えると王家内のバランスというものがあるからスペアの、それもミソッカスの私には別に後見人はいらないだろう。

そう判断したのであろう。

それでも、もし自分で見つけられたのならば、それは好きにしてよい。

第二王女とはいえ、私に近づいてくる物好きな領主騎士などいないであろうが。

まあ、そんな適切なようで曖昧な采配をお母様は下した。

当時12歳の私は、さてどうしようかと悩んだ。

さすがの私も、後見人の兵力無しで初陣に挑むとなると困る。

正直アホの集団と言ってよい、とはいえ私にとっては大事である第二王女親衛隊15名だけでは心もとない。

かといって、自分に力を貸してメリットを感じる地方領主もいないであろう。

さて困った。

そんな頃だ、ファウスト・フォン・ポリドロの噂《うわさ》を聞いたのは。

「見ましたか、あの巨軀《きょく》。あれで嫁が来るものでしょうか。いえ、そもそもリーゼンロッテ女王陛下が男騎士に家督相続を認めるなど……」

「ですが、ポリドロ領は確かに軍役は果たしておりますし。五年前から、あの男騎士が亡き先代に代わって務めを果たしてきたと聞いています。女王陛下もそれは認めざるを得ないのでは？」

「しかし、もう謁見を三か月も先延ばしにしていますよ。上の方でも、男騎士の相続を認めるか認めないか揉《も》めているのでは？」

官僚貴族、つまり法衣貴族の宮廷における噂話であった。

ファウスト・フォン・ポリドロという男騎士が、城下町を訪れている。

先代のポリドロ卿が亡くなり、その代替わりの挨拶のためお母様へ謁見を求めている。

そんな話であった。

私は親衛隊長であるザビーネに、ファウストの情報を集めさせた。

身長2mオーバー、体重は130kgを超え、特別製の鋼のような肉体を持った男。

その手で自ら殺した山賊の数は100を超え、軍役では常に領民の先頭に立っている。

教皇の命を無視してクロスボウを好んで使い、その所持する5挺《ちょう》は全て山賊から鹵《ろ》獲《かく》した物。

領民は僅か300名、だがそのどれもが勇敢でよく統率されており、領主不在と舐《な》めて掛かって村を襲った山賊どもはポリドロ卿不在でも何ら問題なく跳ね除《の》け、逆にその所持品を命と共に奪う。

どんな騎士だよ。

想像もつかない。

蛮族ヴィレンドルフ生まれヴィレンドルフ育ちの最高傑作品と言われたら、正直信じる。

そこまで考えた。

だが、都合が良い。

特に、ザビーネがその人物像に添えて付け加えた情報。

今までアンハルトの歴史に例のない男騎士の家督相続を認めるか認めないかで、法衣貴族が揉めている。

後継者が男しか生まれない稀《まれ》な例であっても幼い頃に婚姻し、他所《よそ》の領地の次女辺りを、当主として嫁に迎えるのが普通だし。

ともかくポリドロ卿がお母様への謁見に苦慮している、それは良い情報であった。

今ならば、お母様への謁見を条件に、相談役に引き込めるかもしれない。

そう判断する。

「ザビーネ、親衛隊を集めて。今からポリドロ卿の許へと向かうわ」

「今からですか？」

「早い方が向こうもいいでしょう。ああ、それと集めた後は貴女とハンナだけを先触れとしてポリドロ卿に会いに行ってね」

ポリドロ卿は三か月も待ちぼうけを王都で食らっている。

焦《じ》らしを与える期限など、とっくに切れている。

今から行っても問題はあるまいと、そう考えた。

「では、馬の準備を。我々は徒歩ですけど」

治安悪くて道が汚いんだよな、ポリドロ卿のいる貧乏街の安宿。

そうザビーネはブチブチ言いながら親衛隊を集めるべく、私の居室から離れた。

私は愛馬を出迎えるため、厩舎《きゅうしゃ》へと足を進める。

まあ、そんなあれこれを済ませて。

ザビーネが情報を集めて来た当日には、ポリドロ卿と会う運びとなってしまった。

自分にしてはテキパキと動けたと思う。

後になって知った話であるが、もう一週間待てばファウストはお母様への謁見が叶《かな》っていたらしい。

本当に私にしてはちゃんとテキパキ動けたものだと、今更になって思う。

そうして出会った、ファウストは。

「初めまして、ヴァリエール第二王女。私はファウスト・フォン・ポリドロと申します」

酷《ひど》く父に似ていた。

いや、容姿がではない。

いくら背が高く、農業を好み、筋骨隆々の身体《からだ》つきをしていた父上でも、ここまでの異様な巨軀ではない。

身長2mオーバー、体重が130kgを超えているような男ではなかった。

筋骨隆々は同じだが、度合いが違う。

農業で鍛えられた父とは違い、ファウストは騎士として鍛え上げられた鋼のような肉体をしていた。

顔も違う。

ファウストの顔は整っていて気高ささえ感じるが、父に似てはいない。

だが、似ているものがある。

雰囲気だ。

その巨軀を小さく折りたたむように膝を折り、礼を正す騎士としての姿。

その姿は、幼い私の顔を覗《のぞ》き込むために背の高い父上が、身体を小さく丸めて背をすぼめる、そんな姿を彷彿《ほうふつ》とさせるようであった。

幼子を相手にするような、優しい顔をしている。

太陽だ。

暗殺されて今は亡き父上ロベルトは、本当に太陽のような人であった。

ファウストは、その姿を私に思い出させる。

欲しいと素直に思った。

最初は助け合いのつもりであった。

窮していいるお互いの助け合い。

御恩と奉公である。

ファウストはポリドロ領の家督相続のために、お母様への謁見を果たしたい。

私はいつか来る初陣のための、後見人が欲しい。

お互いにメリットがある話し合いのはずだった。

だが、出会ってみて少し変わった。

純粋に、ファウスト・フォン・ポリドロという人間が自分の相談役として欲しいと思った。

「貴方《あなた》、私の相談役になりなさい」

唐突に、言葉が口から出た。

「はあ」

ファウストが、ポリポリと頭を掻《か》きながら、困惑した顔で応じる。

なんだその態度。

私が舐められているのはファウストも知っていようが、その態度はないんじゃないか。

「何よ、その態度は。私の相談役にしてあげるっていうのよ」

「何よ、と言われましてもねえ」

ファウストは困惑した顔のまま、言葉を続ける。

別に私の要求を断れない立場ではないのだぞ、こちらは、と言いたげである。

「それで、私のメリットは何かあるんですかねえ」

「今週中にはお母様への謁見を済まさせてあげるわ」

言葉を返す。

これは多大なメリットであろう。

「その程度じゃ足りません。ついでに言えば——私の力量も足りません。何故《なぜ》私を相談役などに？　僅か領民300にも満たない辺境の地の領主騎士ですよ、私」

まあ、姉さまと比べると確かに戦力的には見劣りする。

姉さま、アナスタシア第一王女の相談役はアスターテ公爵。

領民数万に銀山、馬、なんでもござれの領地を抱える第三王位継承権を持つ女。

おまけに公爵軍は鍛え上げられた常備兵500ときた。

確かに、第二王女相談役としては不足、と考えるのも無理はないのかもしれない。しれないが、私は自他ともに認めるミソッカスであるのだ。

「貴方、その剣で何人の首を刎《は》ねた?」

「さあ、100から先は数えていません」

あ、ザビーネの集めた情報マジだった。

山賊相手とはいえ100を超える人間を殺した男ってこの世界に、いや歴史上にファウスト以外居るのかしら。

そんな事を考えた。

歴史上では、農婦の子から産まれた珍しい男の超人。

それぐらいしか思い浮かばないが、そもそも彼は指揮官でありカリスマであり、剣の腕前はどうかというと疑問を呈する。

やはり、ファウストが少し狂っているのだ。

「使える手駒に、先に唾を付けておく。それって悪い事じゃないでしょう?」

実際問題、私が父の面影を感じさせるファウストが欲しいのはあるが。

それは一旦置いておいて、ここまでの騎士を逃す手は無い。

私はそう考えた。

「それは光栄です。ですが、私にメリットが無い」

「今後の軍役の際、私の――第二王女の歳費から、僅かばかりながら軍資金を用意しましょう」

私の歳費、ちびっとしか無いけれど。

お母様、姉さまとの歳費に数十倍も差を付けるのはさすがに露骨すぎじゃないかしら。

第一王女親衛隊、全員馬に乗っているのにさ。

私の第二王女親衛隊、全員徒歩だぞ、徒歩。

まあ、ファウストはここで少し考えた。

領民数十名程度の小遣い銭ぐらいなら、私の歳費でもなんとか払える。

ここでダメ押しだ。

「ついでに、その軍役には選択権も。戦場先ぐらいは選ばせてあげられるわ」

「要するに、今後は山賊団のケツを追い回さず、やる気の無い敵国との睨《にら》み合いで軍役を全うしたと言ってのけられると」

そういうことだ。

今ならファウストの領地に近い、ここ最近は戦も起きていないヴィレンドルフ国境線の警備がオススメだ。

ファウストは、しばし思考時間を置いてから。

コクリ、と頷《うなず》いた。

「良いでしょう。ヴァリエール姫様の相談役となりましょう」

「助かるわ。それでは」

私は手を差し出す。

ファウストは膝を突いていた姿勢を更に屈《かが》め、私の手にキスをした。

これはファウストとの契約だ。

ああ、懐かしい。

本当に懐かしい記憶だ。

その後、ファウストの国境線警備中にヴィレンドルフが今までの均衡を破って急に攻めてきて。

姉さま、アナスタシア第一王女と、その相談役たるアスターテ公爵と一緒に必死になってヴィレンドルフ戦役をこなし。

それこそ地獄の、腰まで泥沼に浸《つ》かった闘いを終えて帰って来た。

私は言葉も無かった。

違う。

いや、こんな酷い事が起きるとは、さすがに私の頭脳なんかでは予測もつかなかった。

そもそもザビーネの実家、諜報員《ちょうほういん》の統括を務めるヴェスパーマン家も全く警告していなかったじゃないか。

ウチの、アンハルト王国の諜報員無能過ぎないか？

いや、ファウストとヴィレンドルフが衝突するギリギリで、姉さまと公爵家常備兵５０

0が間に合ったけれどさ。

あと、戦後のファウストへの扱い酷くない？

パレードではこっそり目抜き通りにて参加した私と第二王女親衛隊ぐらいしか、ファウストに声援を送っていなかったぞ。

酷いと思わない？

酷いと思ったから、姉さまとアスターテ公爵、それに公爵軍がブチ切れて、悪口言ったやつをボコボコにして牢屋《ろうや》に放り込むようになったけれど。

ファウストの名声は上がるどころか下がった気がする。

まあいい。

昔の事だ。

それからは色々あった。

初陣の事。

カロリーヌ反逆騒動。

第二王女親衛隊が15名から14名になった。

欠員であるハンナの死。

未《いま》だに、ハンナの代わりは募集する気になれていない。

お母様からはさっさと欠員を補充するように人員資料を片手に言われているのだが、まだその気にはなれない。

ああ、それから何といってもヴィレンドルフとの和平交渉だ。

あれはファウストが主役で、私たちはオマケというか道化というか、ファウストに引きずられっぱなしというか。

まあ、ともあれだ。

本当にこの二年間で色々あった。

色々あったのだ。

その想《おも》い出《で》は想い出として大事である。

ファウストに出会った当時の、父のような雰囲気を持つ人だ、欲しい、と思った。

その感情も忘れてはいない。

だからだ。

だからこそだ。

「ヴァリエール、貴女《あなた》はファウストの事をどう思う。ちゃんと答えなさい」

「あの、好きではありますよ?」

「愛しているかどうかを問うているのです」

お母様、リーゼンロッテ女王からの要求。

言われて見れば判《わか》る。

言われて見れば、凡人の私でも理解出来る。

今の状況は極端に拙《まず》く、ファウストの積み重ね続けた功績に対し、アンハルト王家は報いているとはいえない。

だからこそ報いようじゃないか。

それは判る。

だがしかし、だ。

「いきなり愛しているかと言われましてもですね」

「ラブかライクか答えなさい。王家は窮しているのです」

「それは判るのですが」

いきなり婚姻の二文字は14歳の身には重い。

いや、別に婚姻の約束なら14歳どころか10歳以下での婚姻でも珍しい話ではないけれどね。

「少し、考えさせてもらえませんか」

「なりません。婚姻の発表は明日です」

「なにもかもが酷《ひど》すぎる」

お母様、せめてもう少し時間をください。

今日ヴィレンドルフから帰って来たばかりで、明日婚姻かよ。

ああ、ザビーネが何かヴィレンドルフでほざいていた気がする。

あの子、私とファウストが婚姻する可能性があるって読んでいたのか。

ちゃんと言いなさいよ。

「私が断ったらどうなされるおつもりですか」

「その時は仕方ありません。法衣貴族の高位の者から誰か選びますが、まあ正直ファウストの功績に足りるかというと」

「足らないでしょうね」

私は冷静に考える。

王家はファウストをこき使い過ぎた。

もはや、方法は一つしかない。

私は王家の一員として覚悟する。

「判りました。とりあえず婚姻だけなら」

「本当に？　嫌じゃない？　嫌なら断っても」

「どっちが本音なんですか、お母様」

お母様、リーゼンロッテ女王は。

姉さまに今頃気づいたの、と言われそうなのだが、今気づいた。

父上ロベルトの面影がある、ファウストに懸想している。

今それに気づいたのだ。

だから答える。

「お母様、私はファウストと婚姻を結びたいと思います。そうでなければ国が回らないでしょう」

「そう」

お母様は、それは残念そうに項垂《うなだ》れながら、しかしどこかホッとした感じで答えた。

私人と公人、その区別は面倒な物である。

私は女王になるのだけは、絶対に御免だ。

だからファウストと一緒に、辺境のポリドロ領に引っ込む事にしよう。

もっとも、第二王女親衛隊が無事全員世襲騎士になるのを見届けてからになるだろうが。

このヴァリエール・フォン・アンハルトはそう静かに決意した。

第54話　アンハルト王家の会話

アンハルト王宮、リーゼンロッテ女王の居室にて。

ヴァリエールが深く深く溜《た》め息を吐《つ》きながら、自分が長年住むことになるであろうポリドロ領ってどんな土地かしら、と未来に思考を飛ばしているであろう中で。

コンコン、とノックの音。

「誰ですか？」

「リーゼンロッテ様、アナスタシア様とアスターテ公爵がお見えになりました。話がおありと」

「通しなさい」

女王親衛隊は了解を得て、二人を居室へと通す。

気が早い事だ。

私は二人を通すことを了承しながら、ファウストについて考えた。

もう、婚姻が決まったその場で、その話をヴァリエールに言い含めるのか。

「ヴァリエールへの話は終わったのですか？」

「それを聞きに来たのですか？　さっそく、ファウストの奪い合いとは行動が早い」

「いえ、用件は違います。明日のファウストの行動について、母上に話を。ですが」

くい、とアナスタシアがその鋭い蛇のような眼光で、椅子に座るヴァリエールを見据える。

用件は別にあるが、話は先にしておこうという顔だ。

「ヴァリエール、ファウストとの婚姻は了承したのよね」

「はい、姉さま。その話を聞きに？」

「違うわ。だけど、それはそれとしてファウストの童貞は私が貰《もら》うから」

一瞬の沈黙。

何を言っているのだこの実姉、そういう表情でヴァリエールが停止する。

この子、自分の姉がファウストに執着しているのは、ただその能力ゆえと思っていたのか。

貴女と同じく、いや、貴女とは比べ物にならない程にファウストの事をアナスタシアは愛している。

「はあ」

「ちゃんと話を聞いてる？　初夜は私が貰うからね。そこの所は承知しておきなさい。あと愛人にもするから。何人もファウストの子を産むから」

「え、なんで私、姉さまにファウストの童貞とられるの？　というか、姉さまファウストの事そんなに好きだったの？」

クッソ怪訝《けげん》そうな渋い顔で、ヴァリエールが応じる。

まあ婚姻が決まった相手の初夜がいきなり横取りされるとなると、普通に嫌だろうが。

「私はそれに応じなければならないのですか？」

「アンハルト王家には、妹の夫を味見しなければならないという家訓があるのよ」

「生まれて初めて聞いたんですが、その家訓」

ないわよ、そんな家訓。

あったら母親である私が先に味見していい家訓を作るわ。

私はそんな事を考えながら、横から口を出す。

貴女、何か私に用件があるのでしょうに。

それについて問い質《ただ》さんとするが。

「アナスタシア。よく考えたら親が娘より先に味見してもいい家訓も、ワンチャンス通るのでは」

「気でも狂ったか。ぶっ殺すぞババア」

口にしたのは全然違う事であった。

つい私人の顔が出てしまった。

それにしても、我が長女はいつになく口汚い。

「あと二番目は私だからね、私。私の愛人にもするから」

アスターテ公爵はいつもの自由人めいた、のほほんとした口調で愛人にすると宣言した。

ヴァリエールはげんなりした顔で、呟《つぶや》いた。

「え、私三番目？　正妻なのに三番目にファウストを抱くの？」

「そういうもんだよ。みんな妹はそういう辛《つら》さを乗り越えて成長していくんだよ」

アスターテ公爵の、どこまでもいい加減な説得。

正妻なのに、夫を抱くのは三番目。

そんな辛さを乗り越えて得られる物は何もないと思うが。

ヴァリエールはイマイチ納得出来ないようだが、これはそもそもヴァリエールの婚姻が決まる前から決定された事項である。

コホン、と息をつき、アナスタシアがヴァリエールに命令する。

「ヴァリエール、納得しなさい。私も妥協しました。これが姉である私の譲れる限界点です。貴女《あなた》がファウストの正妻になるのは確定したのですよ」

「いえ、そもそもファウスト側からはまだ了承を得ていないんですが」

「そうね。よく考えたら、明日はそれどころじゃないかもしれないし。婚姻の話は後日に回すかも」

アナスタシアが、私に向き直る。

何だ、やっとこの部屋に来た用件に入るのか。

私はベッドをチラ見し、この身体《からだ》の下にファウストの巨軀《きょく》を押し込める妄想を抱いた。

夫ロベルトを亡くして五年は長い。

長いのだ。

私の身体は常に夜啼《よな》きしている。

何とかワンチャン、未亡人は娘の夫を先に味見してもよい法案が可決しないだろうか。

しないな。

私人と公人の立場は分けねばならぬ。

女王というのは嫌な立場だ。

「で、アナスタシア。用件とは何か」

「明日、ファウストは諸侯、そして上級法衣貴族が並ぶ満座の席で、母上にトクトア・カアンの脅威を訴えます」

「トクトア？　誰ですかそれは」

聞いた覚えがない。

「神聖グステン帝国が脅威を訴えている東方交易路の果て、その王朝を滅ぼした遊牧騎馬民族国家の王の名です」

「ああ、あれ。王の名が把握出来たの」

ファウストが、ヴィレンドルフから何かの情報を入手してきたのか。

視線をアナスタシアから、ヴァリエールに動かす。

「貴女も知っているの？　ヴァリエール」

「はい、知っております。かつて複合弓と優れた馬術による伝統的な騎乗弓射戦術を用いて覇権を築いた民族、それ以上の再来である、とヴィレンドルフの客将であるユエ殿――

東方の滅びた王朝から逃げ出してきた武将は訴えていましたが」

「が？」

ヴァリエールに問う。

「正直、ピンと来ませんでした。明日のヴィレンドルフとの和平調停における正式報告にて、お母様に告げるつもりでしたが」

「その前に、私に裏で報告するまでの重要性はないと、放置したと」

眉を顰《ひそ》める。

しばいたろか、この小娘。

私としては、国家安全に関わるならば優先度が高い事項だと思うのだけれど。

本当に、この辺りにおいてヴァリエールは機転が利かない。

「そもそも私はその情報をお母様から聞いていません。お母様はすでに神聖帝国の情報から把握していらっしゃると、ヴィレンドルフのカタリナ女王からの話で把握しました。それほどまでに重要なのですか」

頭が痛い。

いや、ヴァリエールに情報を伝えていなかった私が悪いのか。

神聖帝国、そこからの情報では『両国で協調し、戦に備えよ、脅威に対抗出来る防波堤を構築せよ』であったな。

その情報を信じてはいる。

忠告に素直に従いもしようと考えているのだ。

だが。

「ヴァリエール、それは済まなかった。伝える人間は少ない方が良いと判断したのでな。貴女はともかく、第二王女親衛隊から話が漏れると拙《まず》い」

「それほどまでの話なのですか？　いや、まあどこから漏れるか判《わか》らないから教えなかったというのは理解しますが」

「いや、今考えれば教えるべきだった」

そもそも、漏れても誰も信用せぬであろう。

東方交易路の果て、その到達点から遊牧騎馬民族国家がやってくるなどと。

説明したところで、そのメリットが向こうさんにあるのかと疑問を抱くのが普通だ。

アナスタシアの方を向き、会話を交わす。

「まあ、その後悔は良い。で、それの何が問題なのだ？　ファウストから訴えがあれば聞きもしよう。こういう話がありますよと、明日の諸侯が集まる席で話すのは空気が読めないと言われるかもしれないが……まあ、危機感を周知するのも悪くない。止める理由が私にはない」

「ファウストが七年以内に、遊牧騎馬民族国家が来ると。そう判断しているのが拙いのです」

「それは――」

七年？

来るわけがない。

絹の道《シルクロード》とも呼ばれる東方交易路の間に、この西の果てまでどれだけの国があると思っている。

東には大公国もある。

それを無視して我が国に略奪しに来る事はなかろう。

まずは近隣国家を滅ぼしてから――要するに、ここまでの全ての国を略奪、虐殺し、統治しながら来るわけだぞ。

そもそも、東のフェイロン王朝はとても大きい国だ。

それこそ神聖グステン全土を覆いつくすよりも大きな国であったと聞く。

その統治に手間取られるであろう。

もしそれでも来るとすれば、その全土を十分に統治する気等《など》無い。

租税さえ取れればいい、財貨さえ略奪すればそれでいい、遊牧騎馬民族国家以外の人間など皆死んでしまえばいい。

そういう利己心や支配欲が自律的に抑制されていない異常な行動でしかない。

それではただの獣だ。

いや。

よく考えろ、リーゼンロッテ。

遊牧騎馬民族国家。

それがどのような思考を持って動いているかなど、誰にもわからんではないか。

ただの獣の群れが一体となって、一つの王朝を滅ぼした。

殺し、犯し、奪う。

ただ三つのそれだけを繰り返し、それを続けなければ死ぬような。

本当に獣のような国家が存在する可能性は、無いわけではない。

かつて、遥《はる》か昔にこの世界の果てまでも支配しようとした『女王』が居た。

『女王』は負けなかった。

戦において生涯不敗であった。

東方遠征は果てしなく、どこまでも続くとさえ思えた。

だが、彼女ですら最後には部下の猛烈な反対に遭い、それを取りやめたではないか。

部下たちとて生活があるのに、どこまで付き合ってくれるか疑問だ。

どこまでも忠誠を誓い続けてくれるかなど怪しいものだ。

警戒は厳重にしよう。

警戒はするつもりだ。

ファウストがまとめた和平調停を守り、その間に北方の遊牧民族を族滅させた後の話になるが。

「結論から言おうか。色々考えてみたが、七年はさすがに無いだろう」

「ですが、ファウストはそう思い込んでいるのです」

「優しく否定する。私が説得しよう」

それしかない。

ファウスト・フォン・ポリドロを論破しよう。

かつてファウストがマルティナの助命嘆願を行った時のように。

今度は、地面に頭を擦《なす》り付けても、嘆願を受け入れる事はない。

「ファウストは、女王たる私に何を望んでいるのか？」

「軍権の統一」

「それは女王たる私とて、成し得ることではない」

無理筋である。

もはや王権を用いても成し得る物ではない。

従わなければ斬って捨てるという酷薄な統治方針を貫き通すことは、封建領主制において不可能である。

彼等《ら》は小なりとはいえ領地の主である。

遥か昔のように中央集権的な国家でさえ、不可能だろう。

諸侯が自《おの》ずと、剣を捧《ささ》げなければ話にならんのだ。

軍権の統一は、無理である。

「ファウストはそれを理解出来ぬほど愚かではない」

「今叫ばねば間に合わぬ、今から明日の諸侯、法衣貴族が集まる満座の席で訴えねば間に合わぬ、そう思い込んでいるか」

「確かに。なれど」

拙いな。

場合によっては、ファウストが笑いものになる。

それだけならばよい。

いや、良くはないのだがマシだ。

最終的に、嘘《うそ》を吐《つ》いたとファウストを処罰せねばならん段階まで進むと厳しい。

ファウストの言は否定するが、その彼が吊《つる》し上げされるのは御免だ。

「それに加え、明日はケルン派の司祭をファウストは連れてくる予定」

「ケルン派か」

顔を顰《しか》める。

あのイカレどもとか、論戦になれば鬱陶しい事この上ないが。

未《いま》だ兵器としては不十分なマスケット銃の使用を薦めてくるし。

あまりにも射程が短く、命中率が低いのだ。

結局は勇敢なる、重騎兵の突撃が勝ってしまう。

かつての紛争で確か――ワゴンブルクだったか、あの兵法が使われた時から火器は確かに重要性を増した。

だが、まだ足らぬ。

まだ兵科として取り入れるには早い。

熟達こそ早いが、生産性は低い。

ケルン派を信じる傭兵《ようへい》は好んで使っているようであるが。

というか、マスケットを安く手に入れるためにはケルン派の洗礼を受けなければならないから、傭兵が自然ケルン派ばかりになったというか。

まあ、それはいい。

唯一、取り入れるべき可能性があるのはケルン派が研究している兵器だ。

まだ研究段階だが、あのカノン砲とかいったか？

キャニスター弾といったか、マスケットの弾丸を詰め込んだアレは、とても良い。

凄く良い。

一撃での面制圧が可能だ。

「母上、何をお考えですか」

「ケルン派についてだ。アイツらは面倒臭い。司祭は特に面倒臭い。だが、それでも私は頷《うなず》かぬ」

「それで結構です。別に頷いてもらうまでには至りません」

アナスタシアがゆっくりと首を横に振る。

「問題は、ファウストの暴走です。なにとぞ、本人には全ての訴えを満座の席で全員にお聞かせください。そして、私とアスタ—テもそれに加担させていただきます」

「何故《なぜ》?」

「ひとえにファウストの暴走を抑えるためです。最後まで言い切った後は、母上がよしなに裁いてくれれば。もちろん、ファウストの名誉を保ちつつ、騎士として国を愛する心を讃《たた》え、最大限にファウストの面子《メンツ》を立ててください」

難しい事を言う。

いや、どうせ人にやらせると思って、本当にバランスが難しい事を言い放つ。

私一人に負担をかぶせて、お前等はファウストの味方か。

またファウストからの私の印象が悪くなるではないか。

ただでさえ、マルティィナ助命嘆願の際に冷たい女だと思われているかもしれないのに。

私は私人として、一人の女として悲しい。

「もうよい、話は理解した。明日はよしなに裁こう。だが、どうなるかは判らぬぞ」

「まあ、その辺りは承知しております。何せ時間が無いので」

「ファウスト帰還から、旅の垢《あか》を落とすための時間がたったの一日。これは間違いであった。延期も今からでは間に合わぬ」

せめて一週間は置くべきであった。

そうすれば、事前にファウストと腰を据えて話し合えたかもしれぬ。

だが、明日発表する本題はヴァリエールとファウストの婚姻だ。

これでファウストの今までの功績に報いる。

そして諸侯の、特に少領の地方領主たちから王家への信頼を取り戻す。

ファウストの立場をこのままにしておくわけにはいかん。

私自身としても気分が悪い。

「親衛隊、中へ！」

「はい」

ドアの前に立ち警備を続けていた、信頼を置いている女王親衛隊の一人を呼ぶ。

初陣から十六年か。

出会ったのはそれ以前だから、本当にもう長い付き合いになる。

「ファウストの下屋敷に行って、この言葉を届けよ。『まずはお前の全ての話を聞こう。だから、お前も私の全ての話を黙って聞け』と。お互いに喧嘩腰《けんかごし》ではままならぬ。ファウストが憤激し、憤怒の騎士と化すようでは話も出来ぬわ」

「承知しました。私はこの足でポリドロ卿《きょう》の下屋敷へ。代わりの警護の者を寄越《よこ》しますので」

深々と親衛隊員が頭を下げ、部屋を後にする。

さて。

話はこれで終わりなのだが。

「一晩で良いのだ、ヴァリエール。私の寝室にファウストを忍ばせてくれぬか。何、今後のポリドロ領への扱いを考えてくれれば良いのだ。きっと未来につながる」

「姉上とアスターテ公爵の愛人はまあ承知しました。嫌ですけど。一人の男を複数の女性で共有するのは貴族でも珍しい話ではありませんし。ですが、夫の貞操をお母さまに切り売りするなんて、絶対にお断りします」

我が次女は頑固だ。

一人寝寂しく五年を過ごす、母親への優しさというものが感じられない。

私人と公人の区別を付けるとは、このように過酷なものであったか。

リーゼンロッテ女王は、自分が女王の立場である事を酷《ひど》く憎んだ。

第55話　我がドルイドはキリストなり

我がドルイドはキリストなり。

前世にてキリスト教をアイルランドに伝道した、アイルランドの大修道院長の言葉である。

そんな前世の記憶を想《おも》い出す。

ドルイドの古伝承をすっぽりとそのまま、ケルト・カトリックがキリスト教の中に包摂してしまったように。

この世界の一神教は、北欧神話の一部、死後の世界観をそのまま取り込んでしまっている。

北欧神話、死後選別された戦士の魂であるエインヘリヤルがヴァルハラに行くとの伝承が、一神教とそれを信じる人々の中で息づいているのと同様に。

今では物語として静かに生き残っているケルト伝承がある。

ケルト神話の伝承において、呪い、禁忌、誓い、戒め、掟《おきて》、約束、様々な名で呼ばれるもの。

アーサー王伝説最古の物語『キルッフとオルウェン』にも出てくるその言葉。

誓約《ゲッシュ》。

かの有名なクー・フーリンや、ディルムッドが死んだ原因のそれだ。

もちろん、かの高名な戦士たちの神話はこの世界でも残っている。

違いは性別が女性という事ぐらいか。

まあよい。

なにはともあれ、誓約《ゲッシュ》だ。

私はこの世界で陰腹を斬り、リーゼンロッテ女王に嘆願する事をまず考えた。

だが、マルティナ助命の際の土下座とは違い、その行為が文化的価値観の差異から通じることはあるまい。

だから。

だからこそ、私は――

ノックの音。

「入って良い」

使者の見送りを終えた、ヘルガが部屋の中に入ってくる。

「ファウスト様、リーゼンロッテ女王陛下の使者が訪ねてこられましたが」

「ああ」

従士長たるヘルガに対し、曖昧に答える。

「失礼ながら、あの使者。女王親衛隊の隊員であったと記憶にあります。話の内容を伺っても？」

「まずはお前の全ての話を聞こう。だから、お前も私の全ての話を明日は黙って聞け、とさ」


私はヘルガに顔を向けず、親衛隊員を迎えた下屋敷の応接室。

その窓の外を眺めながら、言う。

「ファウスト様の話とは？」

「大した事ではない」

「失礼ながら、今のファウスト様は」

振り向き、殺気を強める。

ヘルガが怯《ひる》み、口を閉じる。

「今の私が何か？」

「まるで戦場におけるファウスト様のようであります。その、狂気を幾分孕《はら》んだかのようなな」


私は領民にそう感じ取られていたのか。

戦場とは狂気と正気の狭間《はざま》に身を置き、冷静を保ちながら狂気に走れる勇気ある者だけが生き残る。

亡き母の教えである。

ふむ、母の教えを私は忠実に保てているようだ。

考えよう。

狂気と正気の狭間に身を置き、そこで冷静を保とう。

我が現状において考える。

一つ。

仮想モンゴル帝国、トクトアは七年以内に恐らくやってくる。

史実より早くやってくるであろう。

だが、それは転生者たる私の知識に基づくものであって、アンハルトはおろかヴィレンドルフですら来るとは考えていまい。

おそらくは神聖グステン帝国でさえも。

二つ。

アナスタシア第一王女とアスターテ公爵が、どうやらリーゼンロッテ女王に私との話を報告したようだ。

だからこそ、女王親衛隊が下屋敷まで訪れた。

どうやら、一応は私の話を最後まで聞き届けてくれるらしい。

それはとてもとても良い事だ。代わりに、私も最後までリーゼンロッテ女王の話は一応聞こうではないか。

私は君の意見に反対だ。しかし、君がそれを言う権利は生命をかけて守ってみせる。

フランスの哲学者、ヴォルテールの名言のように。

三つ。

私は成功した。

神託は得られずとも、私は一つの『ある計画』をこの発狂した足りぬ頭で考えだした。

陰腹の代わりに私の覚悟を示すための『ある計画』、それにたった一人必要な司祭。

私のドルイド、司祭を明日のリーゼンロッテ女王の謁見に引きずり出す事に成功した。

そうだ。

私の『ある計画』は順調に進んでいる。

「ファウスト様」

ヘルガの声。

その声は、涙声であった。

「この平民、赤い血たるヘルガに貴族の事は判《わか》りませぬ。ファウスト様の覚悟は判りませぬ。ですが、我ら領民300名、ファウスト様が行くとなれば最果ての海、オケアヌスにだってついて行きます。たとえ道半ばで斃《たお》れうち捨てられても誰一人恨みなどしませぬ」

「ヘルガよ」

「だから、お止《や》めください。なにとぞお考え直しを。我々はアンハルト王家に忠誠を誓っているわけではありませぬ。ファウスト様に忠誠を誓っているのです」

私は何も語っていない。

何もヘルガに告げていない。

なれど、悟られたか。

ヘルガよ、お前とは私が5歳の頃からの――

思えば十七年の付き合いであったな。

お前は子供の頃、私が昼食にデザートとして必ず出てくる林檎《りんご》を半分こにしようと言っているのに、いつも固辞するから困ったものだった。

お前も食べてくれねば、私が食べにくいだろうに。

だから、いつも押し切った。

嗚呼《ああ》。

判るよなあ。

十七年の付き合いだ。

判ってしまうよな、これ位の事。

「ヘルガ一生に一度の嘆願であります。何故《なぜ》アンハルトに拘《こだわ》るのです。何故そこまでアンハルト王家に忠誠を誓おうとするのです。命を捨てる覚悟をしてまで、明日王城に出向く必要が何処《どこ》にあるのですか。ファウスト様を異形な男騎士として侮蔑するこの国のために、命を捨てる必要が何処にあるのです」

私が明日、命を捨てるも同然の行為をする事ぐらい、判るよなあ。

私は、前世の知識があるからトクトアが来るなどと叫んでいるのだ。

だから、本当は来ないのかもしれない。

たとえ来たとしても、七年以内ではなくもっと先の話かもしれない。

これほど焦る必要は無いのかもしれない。

私でさえ、今訴えることに完全な確信などないのだ。

――ヴィレンドルフで詳細な情報を得なければ、このようなこともしていないだろう。

だけれどなあ。

それだと、もし来た時に間に合わないだろう。

だからこそ命を張る覚悟でアンハルト王家に、その諸侯と法衣貴族が立ち並ぶ満座の席で訴える必要がある。

「ヴィレンドルフに行きましょう。あそこならばファウスト様は報われます。ヴィレンドルフの王配だって望めます。我々はファウスト様がアンハルトを見限るなら、先祖代々の領地だって捨てます」

「ヘルガよ」

ヘルガはいつの間にか膝を折って礼を整え、顔中を涙でぐしゃぐしゃにしていた。

ごめんな。

辛《つら》い決意をさせた。

「私がポリドロ領を、あの領地を見捨てることはない。死んだ母と墓の前で約束した。私は死ぬまで領民300名のポリドロ領の辺境領主騎士で良い。そのためならば贅沢《ぜいたく》も何もいらない。それ以上の願望はファウスト・フォン・ポリドロという男にとっての贅肉《ぜいにく》なのだ」

「ファウスト様!!」

「先祖代々の墓を掘り起こし、その遺骨を持って新たな土地に移る事など、私が私を許せない」

立派な墓など立てずとも良い。

ただ壮健であれ。

ようやく母の愛情を理解し、茫然自失《ぼうぜんじしつ》状態の私が元従士長たるヘルガの母から渡された遺言書を思う。

糸のように細くなってしまった、母が死に際に書き残せた遺言書はたったの二行。

それだけであった。

だからこそ私は私が許せぬ。

それ以上の事をせねばならぬ。

「私は母が残した、あの遺言書を読んだ時に決めたのだ。領地のために、母のために全ての事を行うと。私は、私が領地の山から見繕って運んできた、小さな墓石の下で母をゆっくりと眠らせてあげたい」

ポリドロ領は何度も言うように領民300名の特産物も何もない、小さな領地だ。

だが山も川もある。

亡き母を背負うような思いで、墓石を山で見繕って担ぎ上げ、一昼夜かけて墓地に辿《たど》り着いた。

そして母が眠るその墓地の地面の上に、墓石として置いたのだ。

あの時の事は、今でも覚えている。

「ヘルガよ、泣かせてすまんな」

「ファウスト様」

「私はお前に嘘《うそ》を吐《つ》かぬ。ヘルガよ、私は明日、王城にヴィレンドルフとの和平調停を結んだ正式報告を行う場で、諸侯や法衣貴族が立ち並ぶ満座の席で、ある脅威について訴えるつもりだ」

全てのみ込んでしまう脅威。

私の命より大事な領地も、領民も、母の墓も、馬の脚に踏まれて歴史の陰に消え去ってしまう。

そんな脅威だ。

ヘルガはもはや、その脅威について尋ねない。

ただ涙を抑えようと、手の甲で必死にそれを拭っている。

「そこで私は笑われるかもしれない。馬鹿にされるかもしれない。臆病者と呼ばれるかもしれない。所詮男騎士と侮られるかもしれない。我が母マリアンヌのように、気が狂ったと称されるかもしれない。ヴィレンドルフと内通して、国力を弱めようとしていると疑われるかもしれない」

「ファウスト様！」

悲惨な現実。

予想される、ただそれだけを口にする。

全部覚悟の上だ。

「それでも、それでも必要なのだ。仮に脅威が訪れるとすれば、ヴィレンドルフとアンハルトの連携が。そしてアンハルトの軍権の統一が必要なのだ。誰にも文句を言わせぬ、私の事を馬鹿にはさせぬ。私の誓いを以《もっ》てして」

「誓いとは、ファウスト様の誓いとは」

「そのままだ。つまりゲッシュだ」

もはやこのファンタジー世界でも物語上の騎士の誓いと化したそれ。

今では、その名の通り「禁忌」と化した言葉。

有名なクー・フーリンや、ディルムッドもそれで死んだ。

本当に祝福があったのか、それすら疑わしい。

だけれど呪いだけは確実にある。

そうだ、神の呪いだ。

このファンタジーでは明確に「神の裁き」が存在する。

この世界の過去の英傑は、ゲッシュを貫かねば必ず悲惨な死を遂げている。

それも明確な「神の裁き」としか思えぬ、それを受けて。

「ファウスト様！　ゲッシュは『禁忌』であります。それを誓うなど!!」

「だからこそ意味を持つのだ」

陰腹を斬る。

今は、このファンタジー異世界でも愚かな行為と、誓うべきではないものと扱われている廃れた儀式。

誓約《ゲッシュ》、それを以てドルイドたるケルン派司祭に誓うのだ。

「七年以内にトクトア・カアンがアンハルトを襲撃してこなければ私は腹を斬って死ぬ」

と。

実際は、ゲッシュの儀式に沿った長ったらしい言葉になるであろうが。

まあ変則的なゲッシュだ。

単純に何かを禁忌として誓うゲッシュではない。

なれど通る。

宿命であるのだ。

これはおそらく、この中世ファンタジー異世界の領主騎士として生まれ、領民と母の墓を守り抜くために私に与えられた宿命的な禁忌であるのだ。

だからこそ通る。

神は通す。

「ヘルガよ。それでも私の血は残す。これから七年以内に血を繋《つな》ぎ、跡継ぎを作ろう。ヴィレンドルフ女王カタリナ様は、二年以内に正妻が見つからねばヴィレンドルフにて嫁を見繕ってくれると約束してくれた。その女性と子を生《な》そう。それで私が死んでも、領地は存続する。七年以内に脅威が来ず、ゲッシュが破綻して私が死んでも、領地は残る。アンハルトを騒がせた汚名ばかりは……拭えぬな。すまん、その時は迷惑をかける」

「ファウスト様が死ぬならば私も死にます」

涙声でヘルガが訴える。

よく泣く従士長だ。

ここまで来ると、悲壮な覚悟というより愉快になって来たな。

「ヘルガよ、私が死んだとき、お前には私の跡継ぎを支える義務がある。脅威が来るという予想を外し、汚名を被ったポリドロ領の跡継ぎをだ」

ドア前で跪《ひざまず》いているヘルガの前に腰を下ろし、ゆっくりとその手を握る。

そして、出来るだけ優しい言葉になるように声をかけた。

「愚かな領主ですまんな。だが、最後までやりたいようにやらせてくれ」

「愚かなのは、真に愚かなのはファウスト様の忠心を理解せぬアンハルトで御座います」

血反吐《ちへど》を吐くような、呪うような言葉がヘルガの口から迸《ほとばし》った。

違うんだよ、ヘルガ。

どこまでも取り返しがつかなくて、愚かなのは私だ。

「私が死んだら、跡継ぎにはアンハルトに付くなり、ヴィレンドルフに付くなり、好きにせよと伝えてくれ。私はアンハルト王家に忠誠を誓ったが、それは次代の保護契約とは関係ない」

　ここまでだな。

　考えはヘルガのおかげでまとまった。

　決意も出来た。

　私は明日、アンハルト王城に出向き、自分の拙い演説力と弁舌、説得力の全てを用いて
リーゼンロッテ女王にトクトアの脅威を――

　遊牧騎馬民族国家というものの脅威を訴えよう。

　そして陰腹を斬る代わりに、ゲッシュを誓おう。

　それでも駄目なら。

　そこまでやっても、誰も信じないようなら。

　運命にさえ見捨てられ、抗議の声さえ届かない。

　それが私の宿命なれば。

「もし、明日誰も私の言葉を信じぬなら。信じてくれぬならば。それは、私が所詮そこま
での騎士だったという事だろう」

　決戦は明日だ。

　さあ、立ち向かおう。

　待ち構えよう。

　ワインを一瓶カラにした後は、ベッドでぐっすり眠るとしよう。

ファウスト・フォン・ポリドロは領民僅か300名、辺境領主騎士としては弱小と呼ぶに相応《ふさわ》しい。

だがこれでも領主であり、ポリドロ領では300人にとっての王様であり騎士なのだ。

そんな誇りをこめて、そう決意した。

第56話　一言一句記録せよ

その日のファウスト・フォン・ポリドロの姿は、我々貴族の目には奇異に映った。

奇異、という表現は少し似つかわしくないかもしれない。

だが、その場に居た貴族たちにとっては、それ以外に表現のしようがなかった。

アンハルト王城、リーゼンロッテ女王が玉座に座る王の間にて。

普段は入城権、要するに女王への御目見《おめみ》え資格を持たぬ小領の領主騎士や下位の法衣貴族も、この日ばかりは入城が認められていた。

当然のことながら、剣や懐剣の類《たぐい》は全て衛兵に預けた礼服のみの姿でだが。

そこまでして貴族たちを集めた理由。

正使たるヴァリエール第二王女と、副使たるポリドロ卿《きょう》によるヴィレンドルフとの和平交渉の正式報告を聞くため。

それが表向きの理由である。

だが内実は、ポリドロ卿の今までの功績を皆の前で称《たた》え、その功績に見合った褒美を女王が与える姿を皆に見せるためである。

双務的契約、御恩と奉公に基づいていない現在の歪《いびつ》としか言いようがない状況を、如何《いか》に王家が改善するのか。

王家はしかと、ポリドロ卿に報酬を支払うのか。

領主騎士にとっても法衣貴族にとっても、自分がマトモな貴族であると認識している者にとっては他人《ひと》ごとではない。それを皆は見届けに来ていた。

まあ、アンハルト王家は決して愚かではない。

今までのポリドロ卿が積み重ねた功績が異常なのであり、アンハルト王家はその積み重ねた速度に対応しきれなかった。

それは誰もが承知していた。

だからといって、現状維持で許されるはずはない。

ヴィレンドルフ戦役で救国の武功を成し、ヴァリエール第二王女の地方領主を相手取った初陣を補佐し、この度ヴィレンドルフ王家に自分の貞操を切り売りまでして和平調停を成した。

誰の目にも明らかに、領地の保護契約以上の仕事を押し付けている。

アンハルト王家は金銭や鎧《よろい》の下賜だけでなく、すでに血統や領地をこのアンハルトの英傑たるポリドロ卿に与える段階に達している。

それは誰もが認識している。

一部、それを理解出来ていない愚か者、この段階に至ってまでポリドロ卿を異形の男騎士と嘲る法衣貴族が交ざってはいたが。

そういった愚かな輩《やから》も、まあ本日のリーゼンロッテ女王が自らポリドロ卿の手を取り、積み重ねた功績を褒め称える姿で、二度と今までのようにはポリドロ卿を嘲笑《あざわら》えぬと理解するであろう。

そこまでやってすら理解出来ない馬鹿もいようが。

それがアンハルトにおける多くのマトモな貴族の、ポリドロ卿が現れる前までの思考であったが。

もう一度言おう。

その日のファウスト・フォン・ポリドロの姿は、貴族たちの目に奇異に映った。

「ポリドロ卿。失礼ですが、そのお姿では。そしてお連れの方はここでお待ちを」

第一王女親衛隊の一人が、王の間に入る直前でポリドロ卿に停止を呼びかける。

第二王女ヴァリエール、その横にて歩くポリドロ卿。

その姿は礼服などではなく、甲冑《かっちゅう》姿であった。

ヴィレンドルフまで赴き、製造から僅か二か月も経《た》たぬ内に刀傷が全身に刻まれた、総魔術刻印入りのフリューテッドアーマー。

恐らくはヴィレンドルフにおいてポリドロ卿が99戦99勝の一騎討ち、カタリナ女王の心を斬った事まで含めて吟遊詩人に言わせるなら100人斬りか。

その一騎討ちにおいて、刻まれた刀傷。

それそのままの甲冑姿にて、ポリドロ卿は王の間に姿を現した。

その背後にはケルン派の司祭殿が付き従っている。

はて、これは何のつもりであろうか。

法衣貴族にして、今回の催事の記録係を命じられた紋章官たる私は訝《いぶか》し気《げ》に思った。

その姿を、やはり一部の愚かな下位の法衣貴族が――

礼も知らぬ男騎士、やはり蛮人かと笑った女たちがいる。

記録する。

その者の名を、今回の記録用紙とは別な用紙に記録する。

馬鹿は後で潰すから、記録しておけ。

私はそう、リーゼンロッテ女王陛下から命を下されているのだ。

この場は、今後のアンハルト王国において「いる」のと「いらない」のを判別する場でもあるのだ。

内心、今嘲笑った下位の法衣貴族を心の底から馬鹿にし、愚かさ故仕方なしと切り捨てて記録をする。

彼女たちは何らかの難癖をつけられて処分され、爵位を剝奪されるであろう。

まあ、そんなどうでもいい連中の事は、言葉通りにどうでもいい。

ポリドロ卿は何故《なぜ》、礼服ではなく甲冑姿なのだろうか。

それに、何故ケルン派の司祭殿が付き従っているのであろう。

「御言葉《おことば》はごもっとも。だが、今回ばかりは許していただきたい。この甲冑姿はアナスタシア第一王女に下賜されたもの、この鎧に残る傷はヴィレンドルフとの和平交渉の最中にて得た傷である。今回のヴィレンドルフとの和平交渉を無事成し遂げたその報告にあたり、この姿で参上するのは無礼にはあたらぬと思う。そして」

ポリドロ卿は、私の見たパレードの時の、あの興味の一片も市民に寄せぬ姿とは違い

——

硬直した顔でなく、その瞳には炎を感じさせ、その身長2mを超える巨軀《きょく》の全身には覇気を昂《たかぶ》らせていた。

奇異。

そう、奇異であった。

憤怒の騎士と吟遊詩人に語られる、その顔を赤ら顔に染めて戦場を縦横無尽に荒れ狂ったと言われる姿とは違い。

かといって、平時の状態とは言えず、狂気と冷静を同時に保っているような印象を感じさせる不思議。

記録用紙に、思わずポリドロ卿の様子についてペンを走らせる。

その日のファウスト・フォン・ポリドロの姿は、我々貴族の目には奇異に映った、と。

そんな私を横にして、ポリドロ卿の言葉は続く。

「何より、今日ばかりはこの姿でありたい。まあ、私のワガママだが、先に言った通り理屈としてはそうおかしくないだろう？　許されよ」

「お連れの、ケルン派の司祭殿は」

「必要だからお呼びした。それだけである。女王もすでにご承知である。貴女《あなた》は何も聞いてないのか？」

引き留めた親衛隊員と、視線を合わせることすらない。

ポリドロ卿の視線は、真《ま》っ直《す》ぐ玉座に向かっている。

「……承知しました。お通りください」

「助かる」

ポリドロ卿が、前進を開始する。

その様子は、全く周囲を顧みないようでいて。

視線だけは睨《にら》みつける様に周囲を見渡しており、先ほどポリドロ卿を嘲笑った法衣貴族が思わず硬直しているのを見た。

ざまあみろ。

思わずそんな気になるが、そこで紋章官にして本日の記録係である私と視線が合ったような気がした。

心臓が、思わずドキリと鳴る。

私は、ポリドロ卿の事が嫌いではない。

ヴィレンドルフ戦役の時から、ずっとだ。

貴族の顔一人一人を覚えている記憶力の抜群の良さから法衣貴族として抜擢《ばってき》された。

今では紋章官と記録係を兼任して務めているが、私の故郷はヴィレンドルフとの国境線にある辺境の領地であり、私はそこの領主騎士の次女であった。

我が故郷は、ポリドロ卿により救われたのだ。

とてつもない感謝の念が、この心の奥底にはある。

「尋ねる。貴女が、本日の催事の記録係であろうか」

声がする。

視線が合ったのは、気のせいではなかった。

リーゼンロッテ女王への赤い絨毯《じゅうたん》の道すがらに足を止め、真っ直ぐ私を見つめながら声を出す。

武人として戦場で良く通りそうな、それでいて優し気な声が私に届いていた。

「はい、恐れながら、本日の記録係を務めさせていただいております」

「そうか」

ポリドロ卿は、少しはにかんだような笑みを浮かべる。

再び胸がドキリとなる。

遠目からしか今まで見た事はなく、故郷を救っていただいた感謝の念を伝える術《すべ》もなかったが。

ポリドロ卿とはこのように優しい方なのだろうか。

その巨軀からは想像も出来ない、優しい雰囲気に満ちていた。

「頼みが一つある」

「何なりと」

私はポリドロ卿《きょう》の頼みに、魅了されたように首肯する事しか出来ない。

「私が本日為《な》す言葉、その一言一句を残さず記録してくれないか。それはこの先、無駄になるかもしれないが。この場では何にも役立たぬかもしれぬが。ひょっとすれば、後人の役に立つかもしれぬのだ」

「承知しました。一言一句、違わずに記録いたします」

私は頭《こうべ》を垂れながら、返事を為す。

それに対し、ポリドロ卿の言葉はただ一言であった。

「有り難う」

本当に優し気な声であった。

頭を上げると、すでにポリドロ卿は歩みを再開していた。

胸の奥が、何処《どこ》かポカポカとするようで。

同時に、何か猛烈に嫌な予感がしていた。

「ポリドロ卿？」

一言、小さな声が思わず口に出る。

ポリドロ卿の耳はおろか、近くの貴族にすら届いていない。

そんな小さな声であった。

嫌な予感がする。

優し気と感じていたポリドロ卿の声が、何故か悲しく感じた。

そのフリューテッドアーマー姿の背中には一つの刀傷もなく、それはヴィレンドルフでの一騎討ちの全てにおいてポリドロ卿が一度として引く事が無かった事を意味している。

だが、その姿は私にとっては……

まるで死を覚悟した騎士が、その最期の見届人を見つけ、ようやくこれで死ねると言わんばかりの、そんな姿にしか映らない。

私は首を思わず振る。

まさか、そんなはずはない。

今日はハレの日なのだ。

ファウスト・フォン・ポリドロという一人の男性騎士の全てが報われる日のはずなのだ。

今までアンハルトにおいて、その巨軀の容姿から異形の者として扱われ。

救国の英傑として武功を成したものの、それを顧みられず。

相談役として仕えるヴァリエール第二王女の、地方領主との初陣に巻き込まれ。

果ては領地の保護契約とは全く関係ない、ヴィレンドルフとの和平調停の交渉役に任命される。

およそアンハルト王国に忠誠の限りを尽くしてきた、ポリドロ卿の苦労全てが報われる日のはずなのだ。

リーゼンロッテ女王が与える、土地か血統か、或《ある》いはその両方かは知らぬが、授与されるであろうそれによって。

ファウストという人物は二度と公に馬鹿にされる事はなく。

彼のポリドロ領で狂人と噂《うわさ》された、先代たる母君マリアンヌ殿が馬鹿にされる事もなく。

堂々と街中を歩き、名声と賞賛を浴びる。

その予定であり、そうでなければならないのだ。

そうでなければ、おかしいのだ。

「女王陛下、貴女の第二子たるヴァリエール、良き報告を持ちヴィレンドルフより帰還いたしました」

ヴァリエール第二王女が、まず正使として言葉を発する。

その姿はミソッカスと言われた初陣前の姿とは違い、第二王女として堂々たる姿であった。

「すでに話はここにいる皆も知っていよう。だが良き報告は何度聞いても良いものだ、ヴァリエール。この法衣貴族、領主騎士が立ち並ぶ満座の席で成果を述べよ」

「は。ファウスト！」

この場は形式的な物である。

すでに、ヴィレンドルフとの和平交渉が成立した事は皆が知っている。

副使たるポリドロ卿が懐にしまっていたカタリナ女王からの親書を、リーゼンロッテ女王の前で跪《ひざまず》いて差し出す。

リーゼンロッテ女王は玉座から立ち上がって歩み寄り、その親書を受け取った。

そしてそれを開き、黙って読む。

中身を要約して、宣言した。

「二年後、我が腹にファウスト・フォン・ポリドロの子を宿す。それを条件として、十年の和平交渉を我が国は受け入れよう。ヴィレンドルフ女王、イナ＝カタリナ・マリア・ヴィレンドルフ」

改めて条件を聞いても、不思議な内容だと思う。

私は和平交渉が結ばれたその背景には、神聖帝国からの忠告があった事を知っている。

だが、それでも感情を知らぬ冷血女王と呼ばれたカタリナ女王が、ポリドロ卿の子種を欲するとは。

それを和平交渉の条件とするとは。

おそらく、ポリドロ卿の熱に絆《ほだ》されたのであろうが。

ヴィレンドルフで何があったかは吟遊詩人の英傑詩にて、すでにアンハルトにも流れてきている。

人の情を絆《ほだ》す、ポリドロ卿は本当に良い男だ。

だが。

くすくすと、笑い声がする。

「大儀である」

女王が親書を読み上げる最中に、ポリドロ卿が貞操を売りはらった事を馬鹿にするような笑い声を発する愚か者たち。

お前等《ら》は削除だ。

記録用紙の別紙である「いらない」の一覧に、今笑った女どもの名前を記述する。

「よくやってくれた。ヴァリエール、そしてポリドロ卿。これで我が国の平和は保たれ、軍力を北方の遊牧民族に集中出来る」

リーゼンロッテ女王は二人の功績を労《ねぎら》い、温かな言葉を贈る。

だが、その目は欠片《かけら》も笑ってはいない。

再び、ゾクリとしたものを感じた。

何だ。

何がこの場で、起ころうとしているのだ。

「ここで論功行賞に移りたい、というのが私の本音である。本音であるのだ」

長年女王を務め上げた、リーゼンロッテ女王の声が王の間に響いた。

その玉座からの声は、全ての貴族の耳に良く届いた。

「この場にいる貴族の多くはこう考えていよう。言わずとも判《わか》る。ファウスト・フォン・ポリドロの功績に対し、相応《ふさわ》しい報酬を」

そうだ。

そう考えていて、それでよい。

女王陛下がそれを下して、終わりではないのか？

「だがしかし。一人だけ、それでは困ると言う人物がいるのだ。今日はその者の声に、しばし耳を傾けてほしい」

ポリドロ卿への報酬に、不平を訴える愚か者が？

それの吊《つる》し上げを行い、今後の愚か者が出ないようにするつもりか？

そんな事を、後になっては愚かな事を考えたが。

「さて、皆も静まり返った」

今考えれば、リーゼンロッテ女王は、玉座からずっと『彼』を見ていた。

その視線を一人の人物に固定し、そこから外すような事は無かったのだと考える。

「そろそろ、お前の考える嘆願を行ってはどうだ」

この場には侍童はいない。

男など、たった一人しかいない。

リーゼンロッテ女王が見つめる『彼』はたった一人しかいない。

「御意」

ポリドロ卿が静かに、女王の言葉に答えを返した。

「この場に集まった、法衣貴族の皆さま、領主騎士の方々、どうかしばらくお時間を頂きたい。このファウスト・フォン・ポリドロの言葉に耳を貸していただきたい」

膝を折り、礼を正していたポリドロ卿が立ち上がり、その良く通る声で満座の席、この場にいる貴族の皆に語り掛ける。

「このファウスト・フォン・ポリドロが考える、東方交易路の果てに勃興した未《いま》だに名も知れぬ、遊牧騎馬民族国家の脅威について耳を貸していただきたい」

　ポリドロ卿の声は王の間全域に響き渡り、優し気であったが。

　だが同時に、追い詰められた子供が訴えている様な感傷を味わわせ、その場に居る全員が耳を傾けざるをえないような声色であった。

第57話　嵐の始まり

静寂が王の間を包んだ。

満座の席、誰一人として口を開こうとしない。

玉座から少し離れた位置、ヴァリエール様の横に立ち尽くす私を中心に、静寂が包んでいた。

「まず始めに」

私は口を開く。

最初に、私からではなく王女の口から伝えなければならぬ事がある。

「リーゼンロッテ女王陛下。貴女《あなた》の口から神聖帝国からの報告、全てを語っていただきたく。この場全ての者が、事情を知るわけではないのでしょう」

「よかろう。道理である」

玉座に座ったまま、その威厳を保ち、眼光を鋭く光らせながら周囲を見渡す。

静寂は続いている。

誰一人として、騒ぎ立てることは未だ無かった。

「この場にいる諸侯の中でも大領の荘園《しょうえん》領主、そしてその寄子。加えて上級の法衣貴族はすでに知っていよう。だが、小領の領主、一般の法衣貴族には、まだ伝えていなかったことがある。まずはそれを詫《わ》びよう」

詫びる、とは言っているが口だけである。

その態度は王としての威厳に満ち溢《あふ》れており、誰一人として反発を許さぬ。

「全ては混乱を招かないためであったが、今告げよう。神聖グステン帝国からある報告があった。遠い遠い、本当に遠い絹の道《シルクロード》の、東方交易路の東の果てにて起こった出来事の話だ」

静寂の中、リーゼンロッテ女王の透き通った言葉だけが皆の耳に響く。

「東方で一つの王朝が滅んだ。とても大きな王朝でな、神聖グステン帝国にも匹敵するほどの大きさだった。名をフェイロンという。滅ぼしたのは、なんと遊牧民。より詳細に言えば、遊牧国家というべきか。王朝の北方にある大草原にて遊牧民族共が纏《まと》まり、国家を成し、一つの国を滅ぼしたのだ」

ここで、少し女王が周囲に尋ねるような口調で言った。

「疑問に思うか？　遊牧民が纏まるなど有り得ぬと。食料に飢え、水にまで飢え、家畜の乳で喉を潤す遊牧民族は大草原にて延々と部族同士で殺し合いを続ける蛮族である。畑の収穫期になれば、我々の領民が必死に耕した畑を荒らし略奪に来るだけの、この世でもあの世でも地獄に落ちている蛮族だと。私たちが彼女たちを見下すように、彼女たちも私たちを羊や馬などの家畜以下の存在として見下しているのだと」

言葉を連ねる。

「ヴィレンドルフを蛮族などと揶揄《やゆ》する事はあるが、遊牧民族こそが真の蛮族なのであろうと。文化など持たぬ故に纏まる事など有り得ぬと。だが現実には纏まった。そして一つの国が勃興した。おそらく兵数などフェイロンよりずっとずっと少なかったのであろう。だが、幼き頃より馬の背で育ち、人馬一体と化した騎射を当然の技のように行う騎兵が強いのは、騎士ならば誰にでも容易に理解出来よう。現に我々は、北方の遊牧民族に手を焼かされているのだから」

辺りが少し、ざわめき始める。

整然としていない。

躾《しつけ》のなっていない、下級の法衣貴族たちであろう。

リーゼンロッテ女王の眉が、少しばかり顰《ひそ》められたのが読み取れた。

「結論だ。東方で一つの王朝が滅んだ。遊牧騎馬民族国家に滅ぼされた。そして神聖グステン帝国は、その東方交易路の東の果てにて起こった出来事にこう反応した。ヴィレンドルフとアンハルト、その両国で協調し、戦に備えよ、脅威に対抗出来る防波堤を構築せよと」

ざわめきが大きくなる。

今度は小領の領主騎士たちであった。

そのざわめきが起きたのは、躾が出来ていないからではない。

何故《なぜ》教えてくれなかったのか、その反発故に。

「さて、私は最初に言ったな。私はわざと伝えなかった。全ては混乱を招かないためと。皆、冷静に考えよ。はたして未だ名も知らぬ遊牧騎馬民族国家は、この神聖グステン帝国の玄関口たるアンハルトやヴィレンドルフに、遠い絹の道《シルクロード》の東の果てからやってくるのだろうか、と」

ざわめきが、少し治まる。

すぐに理解し、納得したのではない。

領主騎士は皆、考えているのだ。

東の果てから、わざわざ遊牧騎馬民族国家がアンハルトまで攻め込んでくる理由を。

理由は。

「有り得ぬ」

一言で、リーゼンロッテ女王は斬り捨てた。

「まずは滅ぼした王朝、奪い取ったその地盤を固める。せっかく農耕が出来る肥沃な土地が手に入ったのだ。豪雪、低温、強風、飼料枯渇、あらゆる艱難辛苦《かんなんしんく》に遭い、食料に飢え、水にまで飢え、家畜の乳で喉を潤す遊牧民族。略奪でしか腹を満たせぬ者たち、その悲願がついに叶《かな》ったのだ。これからは飢えに怯《おび》えずに暮らしていける。遊牧民族は支配層となり、神聖グステン帝国の領土にも匹敵する王朝の全てを手に入れた」

反論したい。

だが、それはまだだ。

私は全ての嘆願をこの場で行う代わりに、リーゼンロッテ女王の言葉も全て聞くと約束した。

「何も、支配層となった遊牧民が農耕を行う必要などないのだ。租税を集め、支配した王朝の民衆を働かせて食っていけばよい。いつかは、神聖帝国の危惧するように、侵略を始めるかもしれない。この領土に迫る日が来るのかもしれない。東の大公国を撃ち破り、アンハルトまで侵略してくることがあるかもしれない。それは否定しない。国家が近づけば攻め込んでくるであろう。だが」

ざわめきが完全に静まり返り、静寂が戻る。

誰もがリーゼンロッテ女王の言葉に聞き入っていた。

そうだ、リーゼンロッテ女王は正論を言っているのだ。

農耕民族なら、土地を支配し、そこから租税を集め、腹を満たす荘園領主ならば誰もが納得する正論を。

だが。

いや、まだ反論すべき時は訪れていない。

リーゼンロッテ女王の言葉が引き続き、水がシーツに染み渡るように広がっていく。

「どう考えても遊牧騎馬民族国家が、奪った領地の地盤を固め終わってからの話になるだろう。それはいつだ。我らの子の時代か？　いや、それでも早い。孫の時代ではないのか？　いやいや、もっと先かもしれぬ。準備は大事だ。少数ですら我らの手を焼く遊牧民族が、数万の兵を成して襲い掛かってくるのだ。強敵である。まさにヴィレンドルフと連携しての国家総力戦と化した大戦となるであろう。それは理解出来る。今からでも孫たちのためを考えれば準備を少しずつ進めておかねばならんな。神聖帝国の危惧は正しい」

神聖帝国の危惧は批判しない。

その戦の規模が、大変に大きな物となるのもリーゼンロッテ女王は認識している。

だが、違うのだ。

奴等《やつら》は、遊牧騎馬民族国家は、もうすぐ傍《そば》まで来ているのだ。

だが、まだ反論は許されぬ。

タイミングはまだだ。

「だがな。先の話、本当に先の話になるのだ。私は考慮した後、こう判断した。我が国家が優先すべきは、ヴィレンドルフとの和平調停と、北方から略奪にやってくる遊牧民族の族滅であると。このアンハルトを、国家を支える皆に伝えるのはその後でも良いと。一度詫びたが、もう一度詫びておこう。皆、すまなかったな」

反論はない。

ざわめきは起きない。

リーゼンロッテ女王の言を、皆が納得したのだ。

「異論、反論があれば遠慮なく言うがよい。今、この場でならば下位の貴族でも発言権を与える」

さて、とリーゼンロッテ女王が言葉を置いて。

少しばかり待ったうえで、リーゼンロッテ女王が視線を周囲に巡らせ、完全に静寂に満ちているのを認識した上で。

「無いか。では、話を戻そう。ファウスト・フォン・ポリドロ。お前の嘆願を聞こう」

いよいよ、私の出番となる。

私は約束通り「リーゼンロッテ女王が発言する権利」を守ったぞ。

今度は約束通り、「ファウスト・フォン・ポリドロが発言する権利」を守ってもらう。

さて、如何《いかが》すべきか。

必死に選んだ第一言は、単純なる予測。

前世の知識から成立する、ただ一つの絶望的な脅威。

世に従へば、見苦し。従はねば、狂せりに似たり。

さあ、貴族のルールを破棄して狂おうか、ファウスト・フォン・ポリドロよ。

「トクトア・カアン。私が知る遊牧騎馬民族国家の女王による侵略は、七年以内にアンハルトに到達するでしょう」

リーゼンロッテ女王は口を開かぬ。

その代わりに、周囲から僅かなざわめきが起こった。

「ヴィレンドルフの東にある大公国など、何の障害にもなりませぬ。子供から老人に至るまで、ことごとく虐殺されるでしょう。遊牧騎馬民族国家は鳩《はと》の飛行を攻撃する飢えたハヤブサのように都市を貫き、荒れ狂う狼《おおかみ》が羊を襲うように市民を襲います。造り上げた農園も灌漑《かんがい》も破壊されます。それを育てる領民も全ては軍馬に踏み殺され、血と肉の塊となっていずれ大地に消えるでしょう」

ざわめきが大きくなる。

私の声色は、意図して優し気なまま。

ただただ、予想する事実を連ねる。

「いえ、東の大公国は賢いので力量差を悟って、滅ぶよりも早く降伏するかもしれませんね。あの国は宗教が多様です。我々、神聖グステン帝国のように一神教が強く信じられているわけではありませぬ。教皇による徹底抗戦の命には従わぬでしょう。その場合、素通りどころか東の大公国も兵としてやってくるかもしれませぬ」

ざわめきがますます大きくなる。

その殆《ほとん》どは、リーゼンロッテ女王の予想へ真っ向から反発する私への戸惑いであるが。

やや罵倒が交じる。

やはりポリドロ領は先代と同じく、気が狂っている。

そんな侮蔑。

無視をする。

が、そのお言葉に対して、顔だけは見せてやろう。

私は背後を向き、リーゼンロッテ女王に尻を見せながら、この満座の席にて現実を宣言してやる。

「ハッキリ申し上げましょう。トクトアの軍勢に対し、我がアンハルトの貴族は無能で脆《ぜい》弱《じゃく》極まりない。全くもって屑揃《くずぞろ》いだ」

挑発という名の現実の弾丸。

それをブチこむ。

ざわめきが色づいた。

「王家の正規軍は北方の遊牧民族を抑えつけるのに手一杯」

私はまるでモノトーンのようにも感じられた背景色が、一気に総天然色に切り替わるのを確かに感じた。

「ヴィレンドルフ戦役では、なんとか私の突貫によりマグレ勝ちしたが。あの時の事は今も忘れていない」

赤い絨毯《じゅうたん》は赤く見える。

「情報戦で見事にヴィレンドルフに負けており、レッケンベル騎士団長による1000の精鋭による進軍を察知する事が出来ず、500の公爵軍と30の第一王女親衛隊が到着するまで砦《とりで》にこもっている間、私は諜報《ちょうほう》の無能さを呪ったものだ」

大窓から差し込む光は美しく私の姿を照らしつけ、絨毯の上に黒い影を伸ばしている。

「この国は何もかもがズタボロでバラバラだ。軍権も統一されていない封建領主が組んだ軍勢など、トクトアの人と弓と馬で武装された塊に、容易《たやす》く押しつぶされてしまう」

実に当たり前の事だ。

私は当たり前の事を口にしている。

「死ぬのだ。皆死ぬ。子供から老人まで皆虐殺される。貴族も平民も分け隔てなく。その死体は棺桶《かんおけ》に収められる事も無く遺骸は晒《さら》され、見せしめのように滅んだアンハルト王都の壁に磔《はりつけ》にされる」

やがて、私はざわめきが静まり返っている事に気づいた。

ああ、呑《の》み込めたか。

少なくとも、私はこの発言の全てを来るべき現実として語っている。

伊達《だて》や酔狂で語っているわけではないのだ。

あえて言うのであれば。

「何よりも間違っているのは貴女《あなた》です。リーゼンロッテ女王陛下」

狂っている。

皆、そう呼ぶべきだ。

私は尻を向けていたリーゼンロッテ女王に向き直り、言葉を続ける。

「我らの子の時代か？　いや、それでも早い。孫の時代ではないのか？」

オウム返し。

リーゼンロッテ女王の喋《しゃべ》った言葉をオウム返しのように、口走る。

「私は先ほど言った。ハッキリと言った。七年以内にアンハルトに到達するでしょう、と。

それを誰も信じぬならば。誰もが信じられぬならば」

一呼吸だけ、息を吸う。

挑発した。

満座の席で全ての貴族を侮蔑し、挑発してやった。

私はやってのけたぞ。

スタートラインは切った。

後は少しばかりの勇気が必要。

だが、リーゼンロッテ女王の御言葉《おことば》を選《よ》りに選ってオウム返しにしたのだ。

すでに、これだけで王家を侮辱した、と判断した貴族は少なくないだろう。

いや、未《いま》だいつもの鉄面皮を保っているリーゼンロッテ女王も内心では怒り狂っているかもしれない。

だが、悔恨は無い。

そんなものを味わう余裕はない。

この謁見での嘆願は終わりではなく、この言葉を以《もっ》てようやく始まりとするのだ。

二呼吸目の息を吸う。

私は武人として与えられた通りの良い声を以てして、全貴族の耳に響けとばかりに発言した。

「この国は先ほどおっしゃった貴女の判断にて、只今《ただいま》を以て王国の破滅が確定。アンハルトはお終《しま》いであります。リーゼンロッテ女王陛下」

私は立ったまま、深々と礼をする。

騎士としての礼ではない。

執事がお嬢様を出迎える様な、胸元に手を置いての深々としたお辞儀であった。

ファウスト・フォン・ポリドロはこの満座の席において、誰の目にも明らかに暴走していた。

そしてそれはまだ、狂気的な討論の始まりに過ぎなかった。

第58話　狂気と冷静の狭間で

美辞麗句など必要ない。

要するに、完全にファウスト・フォン・ポリドロは王家と貴族の面々に喧嘩《けんか》を売っていた。

それはもう先ほどファウストの事を侮蔑した、アホの下級法衣貴族にすらハッキリと判《わか》るぐらいに。

「ファウスト・フォン・ポリドロよ」

「はっ」

狂気と冷静の狭間《はざま》を感じさせる目。

何を考えているのか判らぬ。

玉座に座る女王たる私は、ファウストが何を考えているのか完全に判らなくなっていた。

憤怒の騎士と呼ばれるファウストとて、今まで礼節ばかりは弁《わきま》えていた。

だが、この男は今、完全に王家にも貴族にも喧嘩を売っている。

考えろ、リーゼンロッテ。

何をファウストは狙っている？

私の激怒をわざと買おうと？

いや、単純に、ファウスト自身が静かに怒り狂っているのか？

「冗談が過ぎる。いくらお前がヴィレンドルフ戦役の英傑にしてもだ。許される事と許されない事があるのだ」

「ええ、私にも同様に許せぬ事があるのですよ。このポリドロ、必要とあらば常に戦の先陣を切り、どんな敵とも戦いましょう。事実、これまでもそうしてきました。ただ、上役の無能で死ぬのだけは御免だと言っているのです」

無能。

貴族の全員が私への直接的な侮辱に、一斉に顔を引きつらせるのが玉座から見える。

判らぬ。

ファウスト・フォン・ポリドロが何を狙っているのか判らない。

だが。

「アスターテ公爵、それにアナスタシア。ポリドロ卿《きょう》は気分が優れぬ様だ。ポリドロ卿への論功行賞は日を改めることにしよう」

今すぐファウストを止めろのサインを、二人に出す。

今ならば、ギリギリ間に合う。

私人としては、ファウストを殺すなどありえぬ事だし、今までのファウストの功績に対するアンハルトの扱いでの不満が積もり積もって怒り狂うのも無理はない。

許そう。

そして公人としては、この満座の席において女王たる私への無礼は許す事が出来ぬ立場である。

だが、ヴィレンドルフとの和平交渉の鍵は、全てこのファウスト・フォン・ポリドロが握っているのだ。

ファウストを処罰でもした場合はヴィレンドルフが、いやカタリナ女王が協定違反であるとアンハルトを全力で攻め滅ぼしに来るであろう。

公人としても、ファウストを処罰する事など出来はしなかった。

「最後まで話を聞く、それが貴女と私の約束でした」

ポツリ、とファウストが虚《むな》しさを覚えたように零《こぼ》す。

その一言だけで、ファウストに近づこうとしていたアスターテとアナスタシアが動きを止めた。

事実である。

私はファウストと、お互いの言葉を最後まで聞くと約束した。

だが、お前の言葉はもはや嘆願とは言えぬではないか。

しかし。

「リーゼンロッテ女王、最後までファウスト・フォン・ポリドロの言葉をお聞きください」

「ポリドロ卿、次に一言でも侮辱発言を行えば、すぐに王城から叩《たた》き出す。それだけは止《や》めよ」

アスターテとアナスタシア。

二人は、約束を遵守させるつもりのようだ。

当初の計画、ファウストに全てを喋らせたうえで宥《なだ》める。

未だにその計画を続行するつもりのようである。

「よかろう」

きっと、長い論戦となる。

ファウストがここまで冷静に、かつ狂気じみた暴言を何故《なぜ》行うか、その真意もこの場で見切って見せよう。

アンハルト王国女王、選帝侯たるリーゼンロッテを甘く見るなよ。

「話を続けよ、ポリドロ卿。そして私からも尋ねよう。何故、遊牧騎馬民族は七年以内にアンハルトまで到達すると考えた」

「遊牧民は統治を擲《なげう》つからです」

「何？」

単純明確な暴論であった。

「遊牧民は略奪し、虐殺し、破壊した。王族を一人残さず皆殺しにした。その後は？　そのまま滅ぼした国の文官を全て雇い入れるのです。今までと同じ待遇か、それを上回る厚遇で。そしてその中には、パールサ人や異教徒の文官も含まれるでしょう。異国の商人が財務官僚として手腕をふるうでしょう。いえ、そもそも遊牧民族国家とは、異国の商人からの多大な支援を受けて勃興した国なのです」

「お前が何を言っているのか理解しかねる」

「逆にお尋ねします、リーゼンロッテ女王陛下。遊牧民だけで統治が出来るとでも思っているのですか？　地盤を固めるなど出来ると思っているのですか？　支配層として見事に国を治められると思っておいでなのでしょうか？　その適性や素地がある者など遊牧民に何人おりましょうか。遊牧民はその生き方を変えませぬ。政治は専門的なことが出来る文人を雇用して、土地の善男善女を安堵《あんど》などせず、全て攫ってしまうのです」

考える。

だが、結論は出ない。

遊牧民の知識が足らぬ。

彼女たちの文化など、リーゼンロッテ女王が知るわけもなかった。

それを当然知っているかのように口から吐き出すファウストが、むしろ異常であった。

「その知見は何処《どこ》から得た？」

素直に尋ねる。

一瞬、ファウストは戸惑ったが正直に答えた。

「ヴィレンドルフにて。ヴィレンドルフにて滅ぼされたフェイロン王朝の将軍ユエ殿から。どのように遊牧民族国家が勃興し、成立し、統治したのかは聞き及んでおります」

なるほど。

私は理解を得たが、小さく囁《ささや》き声《ごえ》が聞こえた。

ポリドロ卿はヴィレンドルフに騙《だま》されておるのではないか？

裏切っているのではないか？

そんな囁きが、下級の法衣貴族から漏れ出たのだ。

馬鹿が。

ファウストは英明とは言えないかもしれないが、無能では決してないし、このリーゼンロッテを裏切るようなことも、決してしないのだ。

「貴女《あなた》は文化とは何と考えますか、リーゼンロッテ女王陛下」

矢継ぎ早に出される質問。

私は回答に苦慮する。

その間に、ファウストが言葉を続ける。

「私は、我々畑を耕す者——農耕民族と呼びましょう。それらにとっては、究極的には腹を満たす物と考えます。そして、その腹を満たすという点においてのみは蛮族たる遊牧民も同じです。ただ一つの違いは」

一呼吸置く。

「食料に飢え、水にまで飢え、家畜の乳で喉を潤す遊牧民族の文化とはただ一つ。農耕民族から略奪し、それで腹を満たす。それだけなのです。遊牧民としての規律と掟《おきて》に従って集団を形成する国家は、農耕民族としての都市を統治などしないし、するつもりもない。奴《やつ》らはフェイロンの王都を奪ってなお、都市にすら住まないでしょう」

「しかし、ポリドロ卿よ」

私は疑問を呈する。

「だが遊牧民たちはフェイロンを征服した」

「ええ、確かに」

「それで終わりではないか。お前の言い分は理解出来る。だが私の結論は曲がらぬ。たとえ統治を被征服民に任せようとも、支配者は遊牧民である。被征服民からの租税で食っていける」

そうだ。

それで終わりではないのか。

その疑問に対し、ファウストはやはり明確に答えた。

「満足せぬのです」

「何？」

「足りない、という理由で奪うのは実に簡単な理屈です。誰にでも理解出来ます。ですが、足りているからこそ侵略・拡大に動く事もあるという事です、リーゼンロッテ女王陛下。ヴィレンドルフが満ち足り、我々アンハルトを侵略して領土拡大を目論《もくろ》んだように」

レッケンベル騎士団長の活躍により、ヴィレンドルフ北方の遊牧民族は族滅に追いやられた。

そして余った戦力で、アンハルトに攻め込んで来た。

ふむ。

反論せよ、リーゼンロッテ。

「敵対感情というものを理解しているか、ポリドロ卿。例えばヴィレンドルフとアンハルトには、同じ神聖帝国の選帝侯でありながら両者を憎み合う敵対感情というものがある。我々と遊牧民族国家には今それが無い」

「ありませんね」

素直に、ファウストが頷《うなず》く。

「宗教的軋轢《あつれき》もない。遊牧民族国家は我らの宗教すら容易《たやす》く受け入れるでしょう。その文化も否定しないでしょう。その価値観の相違によって争い合う理由はありません」

遊牧民族国家について、知ったような口を利く。

ファウストはヴィレンドルフで、遊牧民族国家に対する何らかの知見を得たという事か。

その情報源が……よくないな。

私は少し、ファウストの意見をより詳しく聴きたいとさえ考えているのだが。

ヴィレンドルフが情報源とあっては、どれだけの人間が真剣に受け止めてくれるものか。

「しかし、同時に遊牧民族国家が戦争を躊躇《ちゅうちょ》する理由も欠片《かけら》とて無いのです。闘えば必ず遊牧民族国家が勝つ。なれば侵略をする事に何ら躊躇《ためら》いは無いでしょう」

「ポリドロ卿よ。これが近距離ならお前の意見は判《わか》るのだ。だが」

遠い遠い。

とても遠い。

隣国のヴィレンドルフどころではなく本当に遠い、絹の道《シルクロード》の東の果て。

「いくら遊牧民族国家とはいえ、この遠国まで攻めてくる理由はどこにも無い。よいか、戦争とは他の手段をもってする政治の継続にほかならんと私は考える。戦争とは生命の危険を伴う特異行為であるのだ。ゆえに、戦争は真面目な行為の真面目な手段であるべきだと私は考える。それが最低限のルールではないか」

「リーゼンロッテ女王陛下」

「私の個人的な主観となるが。遊牧民はそれほどまでに戦争が好きなのだろうか。気晴らしの遊戯のように虐殺、略奪を好んで、遥々《はるばる》絹の道《シルクロード》の東から西征を行うものであろうか。フェイロンを支配したならば、そこで止まるのが支配者であろう。そして地盤を固めるのが支配者の最初にやるべきことだ。お前の意見には一部の理を含んでいる。だが、やはり私には理解しえぬ」

つい、自分の主観を話してしまったが。

やはり戦争とは生命の危険を伴う特異行為である。

異常な状態であり、騎士や兵士のための名誉や狂熱の所産ではない。

そこに騎士道や浪漫《ロマン》など本来はないのだ。

それらは全て、戦争において敵を殺す兵にとっての『大義名分』を得るための諸特徴でしかない。

兵士の精神と行動を、戦争という危険に走らせるための、勇気を得るための精神的理由付けでしかないのだ。

戦争は、軍事階級たちのゲームではない。

決して騎士の前では口に出せないが、な。

「そこまで理解していらっしゃるなら話は早い。私は戦争論をどこまでリーゼンロッテ女王陛下が理解していらっしゃるか、正直疑問に思っておりました。心から謝罪と敬意を」

ファウストが微笑《ほほえ》む。

その声は心底から私に敬意を持っているようであり、先ほどまで私を侮蔑した際の様子とは打って変わっていた。

だが、その一瞬みせた敬意はすぐに表情から消え去り、また狂気と冷静の狭間《はざま》を感じさせる目に戻る。

「つまりリーゼンロッテ女王陛下。いみじくも貴女の言葉をお借りするなら、遊牧民族国家とは気晴らしの遊戯のように虐殺、略奪を好んで、そのために遥々絹の道《シルクロード》の東から西征を行う武辺者なのです。それこそ、教会を貯金箱と呼び、火薬樽《だる》に火をつけて教会を吹き飛ばしてゲラゲラと笑う強盗騎士のように」

言につまる。

狂気と冷静の狭間を感じさせる目。

ヴィレンドルフ戦役において、アナスタシアの本陣にレッケンベル騎士団長の放った精鋭が襲い掛かり、軍事的混乱を招いた初戦。

その場において、ファウストはヴィレンドルフによる包囲を止めるために、領民僅か20名ばかりを率いてレッケンベル騎士団長の騎士団50名に襲い掛かった。

「どうか、再考を。なにとぞ、もう一度このファウスト・フォン・ポリドロの言葉を聞き、再考をお願いしたいのです」

ファウストの、血で喉をゆすいでいるかのような声色の嘆願が、王の間に響く。

軍事的天才とはとどのつまり、何ぞや。

それはアナスタシアやアスターテにも通じるところがあるが、最終的には決断力のある人物こそが軍事的天才たる資質を備えた人物であると、私は考える。

それこそ、失敗すれば一生批難をされ、汚辱にまみれた日々を一生過ごさなければならない。

その恐怖心と羞恥心を捨て、決断する覚悟が必要なのだ。

蛮勇ではない。

ファウストの今行っている行動は暴挙でも、蛮勇でもない。

理解しろ、リーゼンロッテ。

今、ファウストは、ヴィレンドルフ戦役において見せた決断力、軍事的才能の全てを以《もっ》てして、私に嘆願しているのだと。

「すまんな、ポリドロ卿《きょう》」

私は愚かだ。

お前が私の言葉に酷《ひど》く反発したように、確かに私は愚かだった。

お前の心情など、何ひとつ真剣に理解しようとしていなかった。

ようやく今頃になって、お前が理解出来た。

私が今述べた謝罪の言葉の意味を、この満座の席にいる何人が理解出来たものやら。

それは怪しいところだが、今は二人の会話である。

たった二人の討論を、ファウストは挑んでいる。

ファウスト・フォン・ポリドロ、ただ一人に私の意は伝わればよい。

「話の続きをしよう。ファウスト」

「はい、リーゼンロッテ女王陛下。私は先ほど、遥々絹の道《シルクロード》の東から西征を行う武辺者と遊牧民族国家を呼びました。それは否定しませぬが」

一呼吸。

ファウストが息を吸う。

そして大きく溜《た》め息を吐《つ》いた。

騒がしい。

あまりにも貴族共のざわめきが、騒がしいのだ。

「静まれ!!」

怒号。

ファウストには見せない激怒を以てして、満座の席の貴族共を怒鳴りつける。

ざわめきは、静寂へと変わった。

「続けよ、ファウスト」

「はい。リーゼンロッテ女王陛下」

ファウストが、コホンと咳《せき》を鳴らす。

そして言葉を続けた。

「遊牧民族国家の軍事的目標は確かにあります。それは略奪し、殺し、破壊する。それもあるのやもしれませぬ。だが、他にも目標はあります」

「それは何か」

「国家の征服と交易圏の拡大です」

妙な事をファウストは口にする。

「交易？　遊牧民が交易を、いや、愚かな事を聞いた。そもそも絹の道《シルクロード》は遊牧民の通り道であったたな」

「その通りであります、リーゼンロッテ女王陛下。遊牧民は本来交易を行ってしかるべき民族であります。北方の遊牧民族も、その人口が過密する以前は毛皮等を我らと交易した事もあったでしょう。もしトクトアが東西を貫く絹の道《シルクロード》の交易を、その交易圏を手中に収める夢を見たものとするのであれば。その生涯が完結するまでにそれを成し遂げる夢を見たのであるならば。いや、そもそもトクトアが異国の商人から支援を受けた最終目標がそれであるならば」

コホン、と少し嗄《か》れた声。

ファウストは先ほどから、王の間の全員に語り掛ける様な声量で、話を続けている。

喉が少し渇いたのかな。

従士を呼びつけ、茶の一杯でも差し出してやりたくなる。

「絹の道《シルクロード》の交易路にある都市全てを手中にする野望を抱いてもおかしくはない。つまり、遊牧民族国家がただの七年でアンハルトに到達する。私はそう考えるのです。英傑たるトクトアが、そしてその支援者たちが生きている間に東方交易路全てを支配する大望を抱いてもおかしくはないと」

ふう、と言葉尻に息をついた。

ファウストは少しばかり疲れた様だ。

言葉が一度収まった、その間に思考する。

論理は破綻していない。

ファウスト・フォン・ポリドロの論理は一応、ギリギリのラインではあるが破綻していない。

何故《なぜ》アンハルト到達まで七年と読んだか、それはファウストの導き出した到達期限のラインであると解釈する。

ファウストの言は聞くに値すると判断した。

討論を続けよう。

「誰か！　ファウストに茶を一杯差し出してやれ」

私は声を張り上げ、女王親衛隊の一人がすぐに動いたのに頷き、それに満足した。

第59話　弾丸の装填

まずはこれでよい。

最初の杭打《くいう》ちは終わった。

女王を罵倒し、貴族全員を侮辱し、それでいて退席させられる事もなく。

私はこの満座の席で、討論者として闘っている。

ここは戦場である。

私は甲冑《かっちゅう》姿のままここにポリドロ領主として立ち、闘っているのだ。

ならば私が負ける事など有りはしない。

だが私の脳裏に描かれたイメージボード、その到達目標にはまだ遠い。

「ポリドロ卿。お茶が入りました」

女王親衛隊の、名も知らぬ彼女がカップに入ったお茶を差し出す。

礼は言わない。

あえて口には出さない。

私は臆病ではないが、満座の席で決意を自由自在に変化出来る程の強心臓でもなかった。

死は決して怖くない。

もっとも恐ろしいのは、我がポリドロ領が女王への罵倒によって剝奪される事であった。

だが、リーゼンロッテ女王は、私がヴィレンドルフとの和平交渉の橋渡しになっている事により、私を処罰出来ぬ。

そうだ、まずはこれでよい。

最初の問題、リーゼンロッテ女王との討論はクリアした。

女王は私の発言に一定の理解を示した。

だが、ここからはさらに泥沼となる。

私の発言により、悪魔が私の足にしがみつき、引きずり落とそうとする事態に陥るかもしれない。

それでも。

これから為《な》す発言は全て、必要な事であるのだ。

差し出された茶を飲み干す。

カップを、女王親衛隊に返却した。

それと同時に、女王陛下に申し上げる。

「さて、リーゼンロッテ女王陛下との会話はここで一度中断させていただきたく」

「何？」

「法衣貴族の方にもお聞きしたいことがありましてね」

嗄《か》れかけた喉は潤った。

私は再びリーゼンロッテ女王に尻を向け、満座の席の貴族共に振り返る。

「ヴェスパーマン家の方には、前に出ていただきたい」

ヴェスパーマン家。

ザビーネ嬢からヴィレンドルフから帰る道すがら、身の上話を聞いた。

かつて自分は、秘密工作を生業《なりわい》とする貴族たちの代表の家に長女として生まれついたと。

そして「お前には譲れない」と家から放逐され、第二王女親衛隊に配属されたと。

賢明な判断であると私は思う。

さて、小柄でありスレンダーな、未熟と言っていい16歳の少女が赤い絨毯《じゅうたん》の前に歩み出た。

「マリーナ・フォン・ヴェスパーマンであります！　私に何か!!」

マリーナのハキハキとした声が、王の間を包む。

そのハッキリした声は軍人向けであり、私に好感を持たせるには十分であった。

これから口にする言葉は、全く逆だがね。

「ヴェスパーマン家は外交官ではあるが、諜報《ちようほう》も生業にされていると聞く。さて、そんな
ヴェスパーマン卿にお聞きしたい。現状アンハルトは、何かトクトア・カアンについて情報を摑《つか》んでいるかね」

「――いえ、何も。その名も先日初めて知ったばかりであります」

正直だ。

実に扱いやすい。

「本当に？　本当に何も？　ヴィレンドルフでは遊牧民族国家の王、トクトア・カアンの名前どころか、フェイロンにおける戦場の様子すら把握していたのに？　何も知らないと？」

閉口する。

あっさりとヴェスパーマン卿は黙り込む。

「ヴィレンドルフにおいて、超人を始めとする東洋でいう武将、フェイロンにおける軍事階級の人間が絹の道《シルクロード》から数名流れ込んでいた。それも知らない？」

「はっ。残念ながら」

閉口ではすまされない。

そして、残念ながらではすまされないのだ。

ああ、少しばかり心が痛むが。

「つまり、アンハルト王国における諜報統括を担っているヴェスパーマン卿が、たかがヴィレンドルフに行って帰って来ただけの私より何も知らないのが現状というわけか」

「何が仰《おつしや》りたいのです」

「我が国の諜報は無能だと言いたいのだ。ヴィレンドルフ戦役において、敵の侵攻を読み取れなかった頃から何も変わっていない」

ハッキリ言った。

マリーナ・フォン・ヴェスパーマンが呆気《あつけ》にとられた顔をする。

まさかハッキリ言われるとは思ってもみなかったようだ。

「もう下がってくださって結構」

「お待ちください！　弁明を!!」

「次、王家正騎士団！　もちろん今は北方の遊牧民族相手に張り付いている事は知っている。だが一人くらいは北方から代表が来ていらっしゃるだろう!!」

ヴェスパーマン卿《きょう》を睨《にら》みつけ、視線だけで黙らせる。

身長2m、体重130kgの巨軀《きょく》、それも戦争の最前線を潜《くぐ》り抜けて来た超人たる領主騎士の視線である。

小柄な16歳の少女を黙らせ、遠ざけるぐらいわけはなかった。

「王家正騎士団。どうした、出ないならばこの場で卿らの無能を嘲笑する事になるが!!」

「我々は務めを果たしている!!」

長身の女性が、たまりかねる様にして前に出た。

身体《からだ》から戦場の匂いが感じ取れる。

武官として成熟された匂いであった。

しかし、汝《なんじ》の罪を問う。

「卿の言う務めとは、この十数年もの間、北方の遊牧民族相手にのんびり立ち回っている事か。日向《ひなた》ぼっこでもしているのか貴卿らは」

「ポリドロ卿、反論させてもらおう!!　遊牧民は先ほど女王陛下が仰った通り、人馬一体と化した騎射を当然のように行う。軽騎兵ゆえに逃げ足も速い。容易に根絶出来るものでは」

「私ならば一年だ」

指を一本だけ立てて、天にかざしてみせた。

場の空気が、停止したようにも思えた。

ざわめきも何もない。

ただの衆愚のようにして口を間抜けのように開き、全員がただ一人王の間に立っている男を見つめていた。

「一年といったか」

「そうだ」

「ヴィレンドルフの英傑、クラウディア・フォン・レッケンベルは数年かけて遊牧民族を族滅させた。それを知らない愚か者ではなかろう」

そう、あのレッケンベル騎士団長ですら数年がかりであった。

だが。

「私ならば一年だ。このファウスト・フォン・ポリドロならば一年で北方の遊牧民族を片付けてみせよう」

大言壮語を吐く。

でなければ、この場は乗り切れない。

「但し、君らが私の考える指揮系統に心の底から従うという条件付きではあるがね」

「……上等だ！　一年でカタが付くというのなら従ってやろう」

長身の武官が顔を真っ赤に染めながら、怒り声で答えた。

「言質はとったぞ。正騎士団の代表としての言葉だ。違えるなよ」

「……ああ。理解した」

そもそも、数年がかりで北方の遊牧民族に手を煩わせている余裕など無いのだ。

本当に一年で片づけねばならぬ。

より厳密には、同時に参戦する諸侯の軍役期間である短い間の内に。

何せやる事は沢山残っているのだから。

「ああ、そうそう、領主の方々。北方の遊牧民族相手に軍役を要求されている方は手を上げていただきたく」

沈黙。

それを少し置いて、諸侯含めた地方領主の数十人が手を上げる。

「今話したように、来年は私も軍役に参加する事になる。その参戦を望まれる事は確定的である。まあヴィレンドルフとの和平交渉が終わった今、その展開は今手を上げてくださった全員に読めていたであろうが」

一呼吸置く。

「この延々と続く、北方の遊牧民族相手の無駄な追いかけっこを一年で終わらせたければ、私の意見に従っていただきたい」

「申し上げる」

地方領主の一人が、代表するように発言した。

さすがにアスターテ公爵領ほどではないが、万を超える領民数を誇る諸侯の一人である。

「私に従っていただきたいと言ったな。それはどういう意味を持つ？　単に総指揮官として奉じろという意味ではあるまい」

「命令の上意下達を徹底させてほしいだけです。次の大いなる戦争のために」

「貴卿はアンハルトの英傑である。武力でも外交面でもそれは示した。だが、たかだか領民300名の弱小領主に従うほど、我々は落ちぶれてはおらん」

反対の声。

まあそうなるだろうさ。

私は尻を向けていたリーゼンロッテ女王陛下に振り返り、尋ねることになる。

「リーゼンロッテ女王陛下。今更尋ねるのも可笑《おか》しい話ではありますが、私の来年の軍役は何でありましょうか？」

「問うまでもない。今お前が話した通り、北方の遊牧民族相手に出張ってもらう事になる」

「では、来年はアスターテ公爵に全ての軍権を握らせていただけるよう望みます」

リーゼンロッテ女王は、顎《あご》を一擦《さす》りした後。

私の瞳をまっすぐ見据えながら、こう答えた。

「お前ではなく？　お前は先ほど、北方の遊牧民族相手の族滅を一年で終わらせる術《すべ》があると言ったが」

「術はございますが、私に将としての才覚はございません。私にあるのはただ一つの武という一文字でございます」

「先ほどの遊牧民族国家への知見を鑑みるに、私にはそう思えんが」

リーゼンロッテ女王は、顎から手を離し。

アスターテ公爵の方へと向き、言った。

「アスターテ公爵、まあ元々予定していたわけではあるが。ファウストの言葉をどう思う？」

「ヴィレンドルフの重しが無くなった今、来年は公爵軍も遊兵とはせず北方に参戦出来るでしょう。兵が増える分には私は構いませぬ」

アスターテ公爵はニコリと私に向かって微笑《ほほえ》みながら、頷《うなず》いた。

リーゼンロッテ女王はコクリと頷き、私に向かって指を差しながら命じる。

「王家正騎士団、それに準ずる正規兵に関してはそうしよう。アスターテ公爵に指揮権を委ねる。だが、諸侯の軍権だけは私の許可するところではない。直接許可をもらえ」

「そうしましょう。それでは会話の続きを」

私はあっさりと頷き、また地方領主たちに話しかける。

覇気を以《もっ》て。

堂々とした態度で。

「我らはあくまで領地の保護契約、双務的契約によって王家に従う者である。そして、軍権は死んでも手放せるものではない。それは承知している」

返事無し。

全ての諸侯、地方領主たちは、私の言葉に続きがある事を分かっている。

良い流れだ。

「私とて同じである。領民僅か300名の地方領主なれど、領地では主である。あえて言おう。どれだけちっぽけでも君主たりえ、一人の王であるのだ。領主騎士とはそういう生き物であると私は母に教わった」

ざわめきが強くなる。

リーゼンロッテ女王の目の前で、まるで君主がごとき発言。

これも満座の席では失点対象であるか。

だがどうでもいい。

どうせ、全ては最後の勢いで破綻させてしまう。

私のこの場での罪も。

私の未来も。

「領主が居て、民が居て、領主は兵権を持ち、それが故に領主たりえている」

歩み寄る。

一歩一歩、顔を除いた甲冑《かっちゅう》姿で。

フリューテッドアーマー、前世では最後の騎士鎧《よろい》と呼ばれたその姿で歩み寄る。

「軍権だけは譲れない。絶対に手放せない。何故《なぜ》自分の財産たる領民を人の手に委ね、その手に運命を任せねばならぬのか。貴女方《あなたがた》の理屈は地方領主たる『私そのもの』が何より理解していると考えていただきたい。その上で貴女方に問うが」

一歩一歩、歩み寄る。

ようやく、諸侯、地方領主の立ち並ぶ集団まで辿《たど》り着き――

法衣貴族が、私の覇気に怯《おび》えて少しずつ身を離した中で、頑として一歩も引かぬ。

腕組みさえした、アスターテ公爵の次である侯爵、辺境伯といったそれらが待ち構える中に辿り着いた。

良い。

非常に良い。

「単刀直入に聞こう。貴女方は、自分たちの領地を守る気があるのか？」

「無論」

侯爵が短く答えた。

やや歳《とし》が老いている。

アンハルトの若い家督相続を考えれば、少し目立つ。

後継に恵まれなかったらしい。

もはや子には期待しておらず、孫に期待しているとか。

だが、それゆえに賢い。

「ならば、私の意見を聞いていただきたい。ファウスト・フォン・ポリドロの意見を聞いていただきたい」

静かに、静かに喋《しゃべ》る。

出来るだけ覇気を保ち、威圧を与え、それでいて諸侯には注意を払わねばならぬ。

法衣貴族など何を恐れるものか。

だが、領主騎士だけは恐れねばならぬ。

「トクトア・カアン相手の敗戦は領地の滅亡である。それを理解してもらわねばならぬ」

「聞こうではないか」

慎重に。

私は言葉を頭の中で選びながら、心中で呟いた。

人はささいな侮辱には仕返ししようとするが、大いなる侮辱にたいしては報復しえない。

したがって、人に危害を加えるときは復讐《ふくしゅう》のおそれがないようにやらなければならない。

相手に攻撃を仕掛けるならば、徹底的にやるべきなのだ。

相手が反撃すら出来ないように。

『君主論』のそれを頭でなぞりながら、慎重に言葉を選ぶ。

「七年以内に、貴女の領地は滅ぶ。是とするか、否とするか」

「否である」

愉快そうに侯爵が答えた。

「ならば貴女はアスターテ公爵に、アナスタシア第一王女に、軍権を委ねるべきなのだ」

「それもまた否である。先ほど、ポリドロ卿《きょう》も言った。軍権だけは手放せぬ。それらは領主として全ての力の源なのだ」

「そんな事は、その言葉の通りに百も承知。だが」

握り拳。

指の一つにまで魔術刻印が刻まれた手甲に、手が覆われている。

私はそれで握り拳を作りながら訴えるのだ。

「これより七年後、襲い来るトクトアを相手に軍権を纏《まと》められなければ、我が王国アンハルトは確実に滅ぶのだ」

私は息を大きく吸い込んだ。

演説の準備である。

相手に反撃の余地も与えぬ、一気呵成《いっきかせい》の大演説を行わねばならぬ。

私はその準備を静かに整えた。

さあ、ファウスト・フォン・ポリドロ一世一代の賭けの、最終局面である。

弾丸の装填は済んだ。

後は一撃をくれてやるだけだ。
私は吸い込んだ息を吐きだした後、演説を開始した。

第60話　弾丸は撃ち放たれた

私は記録係として記す。

ファウスト・フォン・ポリドロが叫ぶ、その演説の一幕の全てを。

卿が言ったように一言一句余さず、せめて後人の役に立てるように。

正直に言おう。

私はポリドロ卿の言うように、七年以内に遊牧民族国家が攻めてくるとは思えない。

リーゼンロッテ女王陛下の最初の言が、全てであると思うのだ。

だが。

ポリドロ卿はそう考えてはいない。

「注目！　開眼し、刮目《かつもく》せよ!!」

王の間、丁度中央まで歩き。

領民僅か300名の領主の立場でありながら、領民数が万を超える侯爵、辺境伯といった相手目掛けて声を張り上げた。

一度として瞬《まばた》きを許さぬと言わんばかりに。

「私は何も神母のように姉妹愛を説きたいわけではない。手を取り合って仲良くしようなどと、おためごかしを言うつもりもない。アンハルト王国への忠誠の証《あか》しとして、軍権を差し出せと言うつもりもない。来るべき脅威に備えて、国家と運命を共有するべき時が来たと言っているのだ」

教会における神母のように、落ち着いた口調にて。

自分の予測が当然の如《ごと》く訪れるとばかり、静かに演説を始めていた。

「負ける。このままでは確実に勝機は欠片《かけら》も無い。諜報《ちょうほう》が役に立たず、誰もその存在を知らぬと言うなら私が説明しよう。想像してみればいい。今でさえ北方の領民を苦しめている、人と弓と馬で武装された軽騎兵の集団が、数万の数を成して押し寄せてくる戦場を。その万軍が超人的な指揮官を持ち、一人や二人の指揮官が倒れても、すぐに次席指揮官が指揮をとるシステムから執《と》り得る戦略を。ヴィレンドルフ戦役のような、敵指揮官を討ち取っての斬首戦術など通用しない。重騎兵の敵指揮官への突撃による、マグレ勝ちなど起こりはしない。ああ、当たり前の事だが連中は一騎討ちなど受けてはくれないぞ。何の利もないのだからな！」

ここで、ポリドロ卿は一時沈黙した。

まるで領主騎士たちの想像に任せると言わんばかりに、沈黙を置いた。

事実、そうした意図なのであろう。

法衣貴族の中にはポリドロ卿をその風貌だけで侮蔑する、どうしようもない間抜け共がいるが。

領主騎士は全員、ポリドロ卿の軍事的、外交的功績を認めている。

さて、ポリドロ卿が言うように、遊牧民は1000に届くかどうかの数にて、北方の領地に正規軍を張り付かせている。

そんな遊牧民族が、万の数で押し寄せてきたとするならば。

幾人かの領主騎士が、その想像に顔を顰《しか》めるのが目にとれた。

「ハッキリ言おう、トクトアはアバドンである！　黙示録、七つの災厄の5番目である!!」

沈黙を突き破る。

ポリドロ卿は先ほどまでの神母のように穏やかな様子をかなぐり捨て、熱を帯びた絶叫を行う。

「第五の天使がラッパを吹いた！　私は天から一つの星が地上に落ちたのを見た！　その星が、底なしの深淵《しんえん》の穴を開いたのだ!!　奴《やつ》らは来るぞ!!　人と弓と馬で武装された軽騎兵の集団が、暴力、破壊、略奪、虐殺を連れてやってくる。この中には領主騎士として、『新たなる支配者に従えばそれでよい』等《など》と実に」

チラリと、ここでリーゼンロッテ女王陛下の顔を窺《うかが》ったが。

ポリドロ卿は、笑いさえ浮かべながら演説を続ける。

「実に領主騎士としては『健全な考え』を持っている者もいよう。だが、奴らの蹂躙《じゅうりん》と収奪は我々の想像を超えている。遊牧騎馬民族国家にとっての外征とは略奪に他ならず、男を含めた領民も、財物も、都市も、全てを燃やしながら略奪する！　遊牧民に降伏すると

は全てを奪い去られるという事であり、それでいてリーゼンロッテ女王陛下を裏切り寝返れば、裏切り者は信用出来ないとばかりに利用し尽くし終わった後は殺される!!」

腕を振る。

その仕草に全員の視線が奪われ、注目を集めている事をポリドロ卿は完全に自覚しながら――

小さく、それでいて誰の耳にも響くように言葉を発した。

「何も期待するな」

その声は、本当にポツリと呟《つぶや》いたように聞こえた。

「領主騎士としてのこれからの立ち回りに、如何《いか》に自信があろうとも、遊牧民族国家には何も期待するな。文化が何もかも違うのだ。遊牧民に知性はあるが理性は無い、略奪と虐殺を文化にした強力な戦闘集団だ。我が国だけではないのだ。ヴィレンドルフも、そして神聖グステン帝国も同じだ。逃げ場などもはや何処《どこ》にも無い。今までのような双務的契約としての軍役では済まないのだ。我々がこれから挑むことになる戦はただの――」

溜《た》めを置く。

振り上げていた腕を下ろしながらも、それを打ちつける机も無く、拳は空を切る。

だが、超人としてのポリドロ卿の拳からは、空を殴りつける凄《すさ》まじい音が誰にも聞こえた。

「生存闘争なのだ。アンハルトやヴィレンドルフだけではない。神聖帝国中の全てをかけた、な」

ポリドロ卿は下ろした両手を持ち上げ、胸襟を開くかのように小さく手を開く。

「我々はこのままでは淘汰《とうた》される。文化が違うのだ。リーゼンロッテ女王陛下が、王家の一族が殺されるだけでは済まない。元来の土着諸侯たる領主騎士の領土などは、全て奪われる。新たな支配層に取って代わられるのだ。仮に我々が戦後に生き残っても、徴税官としての職が与えられるのが精々であろう。我々が先祖代々受け継いできた領地と、その財産たる領民は何もかもが奪い尽くされてしまう。これは」

また、ポツリと。

それでいて、全員の耳にまた響くように発言した。

「領主騎士にとっては死と同じである。いや、間違った事を言った。言いなおそう」

続けて出た言葉は、怒りに満ちた声色であった。

「死、それ以上の屈辱である」

沈黙。

また沈黙を、ポリドロ卿は置いた。

諸侯は誰も口を開かない。

いや、開けないでいるのだ。

ポリドロ卿の覇気は凄まじく、一人として誰にも反論を許さない様相であった。

そして、恐怖が広がる。

ポリドロ卿《きょう》は沈黙を続ける。

口を開けなかった。

ポリドロ卿を心の底から侮蔑している、愚かな法衣貴族も。

この後、ヴァリエール様との婚姻がポリドロ卿には論功行賞で約束されるであろうと予測している、私を含めた賢き法衣貴族も。

ポリドロ卿を、軍事的天才にして外交面でも成果を成した、アンハルト最高の超人と認める領主騎士たちも。

誰一人として口を開けなかったのだ。

「軍権だ」

再び、ポリドロ卿が口を開いた。

「私が考える対抗手段は、今、アンハルト王国が遊牧民族国家に対抗するべき手段は、軍権の統一に他ならない。他に方法は無いのだ。命令指揮系統はバラバラ。臣下の臣下は、臣下ではない。そんな心構えでは人と馬と弓の塊には、一撃で無残にも打ち砕かれてしまう。無秩序な軍隊、可能な戦術は騎士が全員揃《そろ》っての騎馬突撃のみ。そんな方法では、とてもトクトアに届かない」

熱を帯びた声。

冷静ではありながらも、それは酷《ひど》く熱を帯びた声であった。

「トクトアと闘った際に、私が考える戦場の結果を予想しようか」

ポリドロ卿の口から洩《も》れる吐息は、熱の塊のようにも思えた。

「馬鹿みたいに騎馬突撃してきた我らがアンハルト・ヴィレンドルフ連合軍相手に、偽装撤退させた両翼の軽装騎兵による騎射、要するに殺し間、疑似十字砲火と呼ぶべき陣形を平地にて成立させ」

一方的な戦闘。

「騎士団は一方的にロングレンジ攻撃で死に行く仲間に混乱。そして騎士団の背後に回った軽騎兵が煙幕を焚《た》いて、突撃に出遅れた後方の歩兵と分断させる」

まるで、教本で習ったかのようにそれを語るポリドロ卿に、やはり誰も言葉を紡ぐ事は出来ない。

「そしてトクトアの重装騎兵が混乱した兵を撃ち破り、ハイ、おしまい。戦争結果は、そうだな。遊牧民の死者数が1000で、こちらが1万ぐらいといったところか。歴史的に見ないような大敗北になるであろうな。我々は後世の良い笑いものだ。歴史書を読んだ誰もが我々の背景を一切鑑みず、こう呟くであろう」

笑い。

嘲笑を含んだそれを浮かべながら、ポリドロ卿は吐き捨てた。

「なんて愚かな騎士たちなんだ。戦術も知らないのか、と」

目を瞑《つぶ》る。

それは戦場における我々の死に様を想像するかのようであり、そして——

「それだけは御免だ。物も知らぬ輩《やから》に馬鹿にされるなど、先祖に申し訳が立たぬ」

ポリドロ卿は目を大きく開き、宣言を行った。

「このままでは、我らは遊牧民族国家に蹂躙され、立ち向かう術《すべ》も持たず、無駄に死んでいくだけの愚か者という事になる」

手を振り上げた。

魔術刻印が指の一本にまで刻まれた手甲に覆われた、剣ダコと槍《やり》ダコでごつごつの、酷く武骨な軍人の手であった。

ポリドロ卿が周囲に発している熱は、いよいよ我々の空気まで燃やさんとする。

「もし諸侯が私の言葉が正しいと思うならば――」

一歩。

一歩だけ歩いた。

その一歩はその巨軀《きょく》からとても大きく、諸侯の集団に対して大きく歩み寄った。

「自らの領民のために立ち上がり、領主騎士として、来るべき脅威に有効に時間を使いたいならば――」

また一歩歩いた。

吐息は熱を発し、王の間の空気を燃やし続けている。

「是非私の考える指揮系統に従ってほしい。リーゼンロッテ女王陛下に、王家の一族に、一時で良い。本当に一時のみで良いのだ。遊牧民に、遊牧民族国家に対抗する場合においてのみ、軍権を預けてほしい。それならば、それならばだ」
その口から出る熱は、ついに結論を吐き出した。
「トクトア・カアンの脅威を撃ち破れるのだ」
熱は伝播《でんぱ》する。
演説は終わった、とばかりに目を閉じ、沈黙するポリドロ卿をよそにして。
領主騎士が、法衣貴族が、それぞれお互いに討論を始める。
最初のリーゼンロッテ女王陛下の論が正しい。
絹の道《シルクロード》の東からわざわざ、西征などしてくるわけがない。
西征理由が弱い。
ここまでどれほどの距離があるか、ポリドロ卿は認識しているのか。
ヴィレンドルフ東の大公国はどう反応するのか。
いや、更に東の国々はどうなるのか。
そもそも、ポリドロ卿はどうやってそこまでの情報を入手したのか。
我が国の諜報《ちょうほう》はそこまで劣っているのか。
出鱈目《でたらめ》だ、ポリドロ卿はヴィレンドルフに偽情報を流されたのだ。
そんなポリドロ卿には不利を告げる、煩雑な会話。
入れ替わり立ち代わり、お互いの意見が錯綜《さくそう》する。
一部の諸侯が真剣な顔で、じっとポリドロ卿の次なる発言を待とうとするが、それは無い。

諸侯たちの前に、たった二歩詰めただけ。

侯爵、辺境伯といった、詰め寄られた諸侯は発言には交ざらない。

沈黙するポリドロ卿の顔をじっと見つめたまま、彼と同じように黙り込んでいる。

何かを口にする気はない。

何もしていないわけではないだろう。

頭の中では、ポリドロ卿の演説と、耳の中に流れ込んでくる意見を頭の中で混ぜながら熟考に入っているのだ。

「そもそも、ポリドロ卿が臆病者なのだ。あの男がやった事と言えば、精々ヴィレンドルフに勝利し、その身売りで和平交渉を勝ち取ったぐらいではないか」

誰かがそんな事を言った。

「いらない」項目欄に名前がすでに書かれた、下級の法衣貴族であった。

ヴィレンドルフ戦役にて、そして和平交渉にて、領地を戦乱の被害からポリドロ卿の手により救われた辺境の領主騎士たちが、全員で激しく睨《にら》みつけた。

気が短い領主騎士はこの場が女王の御前でなければ、帯刀が許されていたならば今にも斬り殺していると言わんばかりの顔つきで激昂《げきこう》している。

無論、ポリドロ卿に故郷を救われた私も、当然のように怒りを覚えている。

「あの愚か者。この場から摘《つ》まみだしますか」

横にいる、部下の紋章官が声を出す。

私が指先に持つペンが怒りで震えるのを見て、たまりかねたのであろう。

「良い、雑音も必要だ。どうせ今年中に国から消えるゴミであるしな」

私は部下に冷たく答える。

愚者はどこまでも愚者である。

後日のリーゼンロッテ女王陛下への報告で、必ず消してやる。

「遊牧民など恐れる必要はどこにもないではないか。我がアンハルト王国に敵はない」

そう言ってのけた、やはり「いらない」下級の法衣貴族がいた。

これもまた、北方の遊牧民族相手に苦慮している法衣貴族の代表武官と、軍役を課されている領主騎士たちが激しく睨みつけた。

許されるなら、この場で絞殺されているであろう。

やはり、馬鹿は馬鹿だな。

結論から言えば、この場はそんな低レベルな会話をすべき段階ではない。

私がこの場で書き記したファウスト・フォン・ポリドロの演説は、全て歴史に残るであろう。

そんな、歴史に残るほどの暴走を果たした愚か者か。

それともアンハルト王国、いや、神聖グステン帝国の守護者か。

それを後世の人が判断する前に、我々が判断しなければならない状況下にすでに置かれているのだ。

ポリドロ卿の言葉を信じるならば、たった七年しかない。

そして実際にポリドロ卿の言葉に従わねば、おそらく遊牧騎馬民族国家には勝てないであろう。

いや、仮にポリドロ卿の言葉に従ったところで勝てるのか。

我々は追い詰められたのだ。

今、この場で目を閉じ、ただ沈黙を続けているポリドロ卿に。

いや、ポリドロ卿自身、どこまで苦悩の末に、今の演説を行ったのか。

その暴走ともいえる挑発により、この場全員の心を波立たせ、思考を泡立たせ、今全員の感情をむき出しにさせている。

もはや、誰もがポリドロ卿の言葉を無視したまま、この場を立ち去る事など出来ない。

それはリーゼンロッテ女王陛下も、アナスタシア第一王女も、アスターテ公爵も同様であった。

無言。

ここまで王の間が論争の場と化しても、王家の実力者三人は場の様子を眺めるだけで動かない。

そして、ついに黙り込んでいた諸侯の集団の主である、侯爵が発言した。

「ファウスト・フォン・ポリドロ卿」

「はい」

「今の演説以上に確かな根拠があれば、私は貴卿の言葉に従ったであろう。だが、何もないからこうしてポリドロ卿は演説していらっしゃるのではないか。それは判《わか》る。なれば、何もなかった場合。トクトアが攻めてこなかった場合、貴卿の身がどうなるかも理解していらっしゃるな」

「はい」

そうだ。

ポリドロ卿は責任をとらねばなるまい。

何も無かった場合の、その責任を。

王の間に、静かな静寂が訪れた。

「言われるまでもなく。そして、私はその結論によって、処刑人に手を煩わせるほど愚かではないのです」

狂気と冷静の狭間《はざま》にいる、そんなまなざしで。

ポリドロ卿は、静かに、それでいて全員の耳に届くように発言した。

そして、丁度ポリドロ卿の脇に居た、どこか落ち着かぬ表情で立っている司祭。

その老婆が、もしや、という表情で驚愕《きょうがく》の視線をポリドロ卿に向けた。

「司祭、只今《ただいま》よりゲッシュをお願いしたい。我が誓いを神に立てたい」

私の全身が、総毛立った。

ファウスト・フォン・ポリドロ卿は騎士の禁忌とされるゲッシュを。

死の誓いを最初からこの場にて立てる気でいたと、この時初めて理解した。

第61話　ゲッシュ

前世の現代において、アイルランドの大修道院長は「我がドルイドはキリストなり」との有名な言葉を残したが、この異世界ではその言葉を残すまでもない。

この世界のドルイドとは、一神教における教皇、司教、司祭の事を意味する。

もっとも。

誰もそんな事、教養としては知っていても、すぐ思い出せやしないだろうがね。

ケルト人の神話。

この世界では何人と呼ぶやら知らぬが、もはやどうでもいいことだ。

たった一つだけ、覚えていればいい。

母マリアンヌから子供の頃、寝物語に聞かされた神話の騎士物語と、その言葉を。

ゲッシュ。

そうだ、私は覚えているぞ。

その古代ケルトで行われていた誓い、禁忌、約束の名を。

呪われたまじないの名を、ハッキリと覚えているぞ。

ああ、そうだ。

前世の有名どころではクー・フーリンや、ディルムッドが死ぬ原因となったそれ。

今世の異世界ではそんな呪われたまじないなど、誰も誓いやしない。

だがやってやる。

騎士の間では完全に禁忌と化した儀式を。

私は本日この場にて、ゲッシュを誓おう。

「司祭よ、我がドルイドよ、誓いを受ける準備は出来たか!!」

私は狂気の目で、司祭を睨みつけた。

どうか私を助けてくれ。

ケルン派の司祭、我がドルイドよ。

信徒である私の誓いを聞いてくれ。

私の力も謀《はかりごと》も及ばない事が起きてしまっている。

この異世界で、私は万夫不当の超人として戦場において怯《おび》えることはついぞなかった。

だがしかし、今の私は遊牧騎馬民族国家という未《いま》だ目に見えぬ存在にめっきり怯えてしまっている。

その怯えを破るためには。

今の私の覚悟を周囲に示すためには、呪われたまじないたるゲッシュが必要なのだ。

今この場で、陰腹を斬ってみせよう。

「信徒ファウスト・フォン・ポリドロよ。私は」

「司祭よ、我が騎士の誓いが受けられぬと言う気か」

私のこの身は、先祖代々受け継がれたグレートソードを今は帯びておらぬ。

だが、断るならば斬り捨てるような、その威圧だけは捨てずに司祭に声を投げかける。

「信徒たる、この騎士たった一人の誓いが、司祭として受けられぬと言う気か」

「私は、私は司祭として」

司祭が、年老いたその顔の皺《しわ》をより深く刻んだかのように、迷いを深める。

しかし、その迷いは一瞬である。

続いて小さく答えた。

「お受けしましょう。信徒ファウスト・フォン・ポリドロ。貴方《あなた》の誓いを」

「有り難い！」

私は周囲の貴族にばらまく覇気を、いよいよもって強めながら叫ばんとする。

だが。

「止《や》めよ！　司祭！　ファウスト！　この場をなんと心得ている！」

リーゼンロッテ女王の言葉。

司祭は答えた。

「畏れ多くも、リーゼンロッテ女王陛下の御前。そして大小問わず諸侯、法衣貴族、その満座の席である事は承知の上！」

老婆である司祭が、矍鑠《かくしゃく》として堂々とリーゼンロッテ女王に答えた。

「その場で我が信徒が一心不乱に騎士の誓いを立てんとしているのです！　今ハッキリと

判りました。我が信徒はこの国のために命を捧《ささ》げんとしている！　その覚悟に応えずして何が宗教指導者か！　何が司祭か！　これを断れば、洗礼も聖職者も教会もその存在理由を失ってしまう!!」

「貴様！　王命が聞けんと申すか!!」

「望まれるならこの皺首、斬り落としていただいても逆らいませぬ。ですが、このゲッシュばかりは止められない！」

司祭は、黙って私の目を見据えた。

そうだ、それでこそ我がドルイドだ。

もう誰も儀式を止められない。

「女王親衛隊、何をしている！　さっさと司祭を取り押さえろ!!」

リーゼンロッテ女王が、その顔を真っ赤にして怒鳴り散らす。

だが、女王親衛隊は。

この場を警護する彼女たちは、オロオロするばかりで身動きが取れない。

取り決めはない。

女王の御前にして、領主騎士、法衣貴族、その満座の席でさえ。

ゲッシュを成してはならぬなどという取り決めなど、どこにもない。

逆に、司祭と騎士の神聖なる誓いを邪魔してはならぬという取り決めはあるがね。

ゲッシュは禁忌であるが、どこまでも神聖なドルイドを通した神への誓いである。

故に戸惑う。

これが物も判らぬただの衛兵なら、さっさと私と司祭は取り押さえられている事だろうが。

女王親衛隊が持つ教養と礼法が仇《あだ》を成したな。

まあ、どの道司祭を取り押さえようとしても、私がこの身で跳ね除《の》けるのみだが。

私は叫ぶ。

「この誓い破るときは、空よ落ち我を打ち砕け。地よ裂けて我を呑《の》み込め。海よ、割れて我を巻き込め！」

司祭が叫び返した。

「信徒ファウスト・フォン・ポリドロよ！　汝《なんじ》の誓いを述べるが良い!!」

「では誓う!!」

私が誓いを叫ばんとした――

その時。

「ザビーネたち、動いて!!」

ヴァリエール様の絶叫。

剣も帯びておらぬ第二王女親衛隊、14名がその言葉に弾《はじ》かれたようにして動き出す。

この場で動き出せるのは賢者ではなく、むしろ愚者か。

リーゼンロッテ女王陛下も、アナスタシア第一王女も、この異様な事態に動けておらぬ。

いや。

侮辱するような考え、お許しください、ヴァリエール様。

貴女《あなた》の心遣い、有りがたく。

だが遅い。

私は飛びついてきたザビーネの腕を摑《つか》み、そのまま棒きれのように振り回して、第二王女親衛隊を跳ね除けた。

申し訳なく思うがザビーネを背中から床にたたきつけ、しばらく動けなくする。

そして叫ぶ。

「我は誓う！　七年の内、このアンハルトに黙示録、七つの災厄の5番目。それにも等しい遊牧騎馬民族国家が襲い来よう！　私はそれに粉骨砕身、この身体《からだ》の両手両足がもげようとも抗《あらが》う事を誓う！」

変則的なゲッシュ。

単純に何かを禁忌として誓うゲッシュではない。

まるで宣誓。

騎士としての、領土を守り抜くため一所懸命に戦い抜くとの当たり前の誓い。

だが。

これは、この中世もどきファンタジー異世界の領主騎士として生まれ、領民と母の墓を守り抜くために私に与えられた宿命的なタブーなのであると私は考える。

信念なれば、神への我が祈りは通ず。

「では次に問う！　汝、その誓いが、七年以内に遊牧騎馬民族国家が襲い掛からないとすれば、なんとする!!」

沈黙。

一瞬の静寂がよぎった。

誰も動かない。

誰も喋《しゃべ》れない。

誰もが、代わりに耳を動かそうとする。

王城、王の間にて。

女王陛下、数百人の諸侯、法衣貴族が居並ぶ満座の席で、私は口にした。

「腹を斬る。この国を無為に騒がせた責任を取り、腹を斬って死のう」

誓いを破った際の、禁忌の言葉を口にした。

「私は空が落ちない限り、大地が裂け、海が私を呑み込まない限り、この約束を守るだろう」

「これにて、これにて信徒ファウスト・フォン・ポリドロの誓いは成された。この誓いは、死んでも果たさねばならぬ」

司祭は神の仲介者としての立場に立ち、ドルイドとして我が誓いに応じた。

光。

眩《まばゆ》い光が、私を包んだ。

全く以《もっ》てバカバカしいほどに、神に誓った祝福であると言わんばかりに輝く神々しい光であった。

それが雷光のように、一秒の時を経て収束した。

儀式は成立した。

私は司祭に礼を言う。

「司祭、ご協力感謝します」

「貴方はここまでの覚悟で最初から？」

「最初から。貴方を騙《だま》して連れてきて、申し訳ありません」

私は深々と司祭に頭《こうべ》を垂れた。

恨まれても仕方ない。

だが、他に方法が無かった。

私の知能では思いつかなかった。

単純に前世の日本武将のように陰腹を斬り、嘆願をしたところで話は聞いてもらえなかったであろう。

この異世界の作法に乗っ取り、更にそれに近い事を成す事によって意味があるのだ。

「何という愚かな事をしたのだ、ファウスト・フォン・ポリドロよ」

何処《どこ》かから、震え声が聞こえた。

玉座からであった。

「お前はゲッシュを何だと思っている?」

「神への誓いであると認識しています」

「冗談だと、神の裁きが偽物であるとでも思っているのか? この世界にはゲッシュを破り死んだ英傑など数限り無いのだぞ!」

魔法も奇跡もあるんだよ。

知っているさ、それぐらい。

この世界は中世ファンタジー世界だ。

ゲッシュを破った時、必ず神は裁きを下すだろう。

「ドルイドたる司祭と神聖な約束をしました。約束事を違《たが》えば、神は必ずこの身に裁きを下すでしょう」

「七年で遊牧騎馬民族国家が来なければ、貴殿は死ぬのだぞ」

「そう誓いました。ご心配なく、神の手を煩わせるまでもなく腹を斬り、私の生死は私が決める所存」

リーゼンロッテ女王が立ち上がる。

そしてプルプルと身体を震えさせ、顔を真っ赤にさせたが。

やがて、大きく大きく息を吐いた。

まるで既に身内が死んだことを嘆かんばかりの、血を吐くような声であった。

「お前のゲッシュは無意味だ。無意味なのだ。ファウスト・フォン・ポリドロ卿《きょう》。この中の誰がお前の言葉を信じ、軍権を国に預けても良い、そう誓えるものがいるものか。よいか、お前が成したいことは私への説得だけではなく、あらゆる騎士への理解を求めたかったのだろうが。そんなもの――」

「女王陛下！」

諸侯の一人。

顔も良く知らぬ、つまり私のように小領の領主騎士なのであろう。

それが前にゆっくり、ゆっくりと歩き出て、膝を折って礼を正し、言葉を紡ぐ。

その声は、酷《ひど》く震えていた。

本来はリーゼンロッテ女王への御目見《おめみ》え資格たる入城権を持たず、また発言権も女王が許さぬ限り持たない。

第二王女相談役でなければ、私と全く同じような境遇の。

そんな小さな領地の騎士であった。

「これから七年先までは、遊牧民に対する事に限っては、軍権を一時女王陛下に預けることを誓いましょう」

それが、僅かに怯《おび》えながらも、それでいて勇気を振り絞った表情で。

私の前に立ち、そして私越しにリーゼンロッテ女王陛下を見つめて言った。

「何故《なぜ》だ」

リーゼンロッテ女王が、静かに理由を尋ねる。

英明なる女王陛下であれば、理由はすぐに思い当たったであろう。

それでも問うた。

「我が領地はヴィレンドルフ国境線近く。ポリドロ卿がおらねば、今頃はヴィレンドルフに滅ぼされていたでしょう。その卿が命がけでゲッシュを誓ったゆえに。我が領土が、領民が、忘恩の朋輩《ほうばい》ではないと卿に示さんがゆえに」

その言葉が言い終わるか言い終わらぬか。

その間に、同じように数名の領主騎士がその横に歩み寄る。

どの顔も、やはり知らぬ。

私は彼女たちとの縁があるなど、何も知らぬのだ。

だが、彼女たちは誰一人として歩みを止めようとしなかった。

私と女王陛下の目の前で、膝を折って礼を正す。

「お前等《ら》もか」

「理由は同じ。一度領地を救われた身ゆえに」

そうか。

私は知らぬ間に、ヴィレンドルフ戦役にて知らない貴族との縁があったのだな。

恩など、戦役が終わった際に形ばかりの礼状が送られてきただけの話。

私はそれで、全ての関係が終わったものだと思っていた。

だが、礼状を送って来た知らない顔揃《ぞろ》いであるアンハルトの領主騎士たちは、誰もが誇り高く、忘恩の朋輩であることが許せない性質なのだ。

思わず眼頭《めがしら》が熱くなり、涙が溢《あふ》れ出そうになるのを必死でこらえようとする。

——ようとするのだが、私は見た目によらず情に弱い人柄であったようだ。

溢れる涙は頬を伝い、止められそうになかった。

そして。

「ちょっとお前等、横少しどけろよ。むしろ私が中央に位置するべきだろ」

「アスターテ公爵!!」

思わず口から声が出る。

ずっと黙り込んでいたアスターテ公爵が、ゆっくりと横から歩み出た。

その権力差で、膝を折っている小領の領主騎士たちをどかしながら中央に陣取る。

そして同じように膝を折り、リーゼンロッテ女王に礼を正した。

「アスターテ、お前もか」

「ヴィレンドルフ戦の戦友ゆえに。何より、ポリドロ卿が命がけで誓っているのです。それを僅かたりと信じられぬというのは、何も信じてやれぬというのは」

少し、沈黙を置いて。

「もはや領主騎士として如何《いかが》なものかと。その誇りが疑われるものと思います」

周囲を挑発するように宣言した。

面子《メンツ》。

その場、満座の席である領主騎士の面子に唾を吐きかけ、挑発を成した。

やがて、アスターテ公爵の常備軍に恩がある者。

借りを持つもの。

それら領主騎士が、同じように玉座の前に一直線に敷かれた赤い絨毯《じゅうたん》の前に躍り出て、膝を折り、一人ずつ名乗り出る。

その中には、貴族のパーティーにすら呼ばれぬこの身の上でも知っているくらいの、大領の領主騎士も居た。

その寄子の領主騎士らも、その姿を目前として、もはや動かぬわけにはいかぬ。

列を成すようにして、膝を折った。

「我らも、これから七年先までは、同じ条件にて軍権を女王陛下に預けることを誓いましょう」

誓い。

それは私と司祭、それを通じた神への誓いに続いて行われた。

領主騎士たちとリーゼンロッテ女王との誓いの儀式であった。

それでよい。

私の望みが目の前で叶《かな》っていく。

だが。

まだ足りていない。

全員ではない。

まだ領主騎士全員ではないのだ。

ようやく半分に満ちたところ、その場にて。

「ポリドロ卿、一つお尋ねする」

私に覚悟があるかどうかを問うた、侯爵が静かに質問を行う。

「何か」

私は涙を拭いながら、感動で赤くなる頬を必死で誤魔化すように答えた。

まだ、何も終わっていない。

しっかりしろ、ファウスト・フォン・ポリドロよ。

「確かに、確かに、一年で北方の遊牧民を倒す術《すべ》があるのだな。そして、今更聞くのも野暮であるが、貴卿はその命を懸けるほどに遊牧民族国家がアンハルトを襲うと確信している」

「その通りです」

「ならば、条件付きにて」

ゆっくりと前に歩み出て。

赤い絨毯にて列を成した、その最後尾に付く事になってしまう事を苦笑しながら。

「ポリドロ卿が来年の軍役にて、我々と肩を並べて北方の遊牧民を一年で討ち果たすのを目撃出来たならば、軍権を預けるだけでなく、領地を総動員して遊牧民族国家対策に向けて働かせることを約束しよう。私をガッカリさせないでくれよ」

赤い絨毯の上で膝を折り、礼を正した。

侯爵の率いる派閥、その集団が列を成して、一部は苦笑しながら侯爵の真似《まね》をする。

これにて、賛同する数は領主騎士の過半数に達した。

最後に残った、それでも判断を決する事が出来ない領主騎士、それらに対しては。

私の横まで歩み寄って来たアナスタシア第一王女が、意外な行動に出た。

「残りの諸侯には、私からお願いする」

アナスタシア第一王女が、トドメを刺すように深々と頭《こうべ》を垂れたのだ。

「アナスタシア第一王女殿下！　頭を下げるのはお止《や》めください!!　ポリドロ卿の言葉を信じろと仰《おっしゃ》るのですか!!」

「貴卿らとて理解しているはずだ、ポリドロ卿はゲッシュを誓い、覚悟を示した。大馬鹿者だ。本当に、本当に大馬鹿者だ」

罵られてしまった。

それも仕方ない、自分でも大馬鹿者だと思う。

だが。

「だが、そんな大馬鹿者を止められなかった事に、私は責任を感じているのだ。この大馬鹿者に最後まで付き合ってやりたいのだ。地獄のヴィレンドルフ戦役を一緒に戦った、戦

友であるのだ。貴卿らがポリドロ卿の言葉を最後まで信じられないと言うなら、ゲッシュを用いてまで信じられないと言うなら、代わりに私を信じてくれ。将来のアンハルトを背負って立つ、私を信じてくれ」

私はアナスタシア第一王女が、頭を下げる姿など見たことがなかった。

その爬虫類《はちゆうるい》のような眼光で、人を射竦《いすく》めるのが非常に似合う御方《おかた》であった。

だが、こうしてそれが、小領大領を問わず、最後まで判断が定まらない領主に頭を下げている。

「……承知しました」

最後まで判断を保留した領主騎士たちももはや、抗《あらが》う事は出来なかった。

全員が赤い絨毯を踏みしめ、その列にはアスターテ公爵が唯一先頭にて頭を垂れているだけで、後は序列の区別すらない。

リーゼンロッテ女王陛下の指揮下に、遊牧民に対しての軍権が纏《まと》まった瞬間であった。

第62話　矜持

儀式は終わった。

私のゲッシュの儀式、そしてリーゼンロッテ女王への誓いの儀式。

二つの儀式が終わり、今は全員赤い絨毯の上から去り、元の場所へと戻っている。

なのだが。

「さて、貴卿《きけい》らの決意はよく判《わか》った。ポリドロ卿《きょう》の決意も。少なくとも、遊牧民に対し一丸となって戦いに備えるのは私の本意である。東方交易路から遊牧騎馬民族国家が来ようとも来なくともな。無駄にはなるまい」

リーゼンロッテ女王が、自身の意見を述べる。

なのであるが。

「今考えたのだが。法衣貴族の正騎士団である武官たちによる現在のシステムを、軍権を預けてくれたからとはいっても、そのまま適用するのは難しい。法衣貴族に従う事をそのまま良しとする領民も少ないであろう。よって、この件は後々よく話し合う事にしよう」

私の行動は無駄には終わらず、結果を見せた。

なのであろうが。

「だから、なんだ。その、ファウスト・フォン・ポリドロ卿」

判っている。

判ってはいるのだが。

「そろそろ、泣き止め」

優し気な声が、リーゼンロッテ女王から投げかけられた。

どうしても涙が止まらぬのだ。

私は愚かだ。

アンハルトの何処《どこ》にも味方はいないと考えていた。

私がやらねばと、私自らを追い込んでいた。

ただ暴走の果てに、終わりを告げるだけかとすら思い込んでいたのだ。

だが、ヴィレンドルフ戦役で救った領主騎士たちは朋輩《ほうばい》として、この私を以前から認めてくれており。

戦友であるアスターテ公爵とアナスタシア第一王女も、最後には私のこの暴走を妨げず、味方してくれたのだ。

私は幸せ者で、同時に愚か者だ。

「失礼しました。もうすぐ、もうすぐ泣き止むと思います。もうしばらくお待ちを」

「そうしてやりたいのだがな」

リーゼンロッテ女王はクスクスと優しく笑う。

同様に、領主騎士たちからも笑い声が漏れた。

侮辱的なそれではない。

むしろ、微笑《ほほえ》まし気《げ》に聞こえるそれであった。

初めて感じる、アンハルトの貴族たちからの温かい感情であった。

「何分、時間がない。遊牧民に当たっては、誰もが皆お前の意見に承知したのだ。皆も暇ではない。いい加減、本来の論功行賞の話に移らせてもらうぞ」

「は、申し訳ありません」

私は頭を下げる。

騎士見習いとして私を補佐するマルティナが、横からハンカチを差し出してくれた。

それで頬と目を拭う。

「では、論功行賞を始めるとしよう。ヴィレンドルフとの和平交渉の成立、実に見事であった。今までの功績としては、ヴィレンドルフ戦役、そしてカロリーヌの反逆におけるヴァリエールの初陣でも、金銭を与えて来た」

「お陰様で、領民に減税を施す事が出来ました」

ちゃんと報酬金を払ってくれた事には感謝している。

まあ仕事としてはクソだったが。

その仕事内容としては、ブラックそのものであったからな。

「そして、今回の和平交渉前にあたっては貴卿が今着用しているフリューテッドアーマーを、アナスタシアが下賜した。見栄えの良い鎧《よろい》が必要と思ったのでな。ヴィレンドルフでは鎧こそ騎士の礼服であるからな」

「この鎧は見事な物であります。ヴィレンドルフでも役に立ちました」

すでにヴィレンドルフでの一騎討ちにて実用に供したが、軽くて動きも制限されない。

火器であるマスケット銃の一撃にも容易に耐えうるであろう。

見事な品である。

「もちろん、今回の和平交渉が成立した暁には、多額の報酬金を事前に約束していたな。

それも払おう。だが、それだけでは少し足らぬ。そう思ってはいないか？」

「は？」

思っていないけれど。

全然思っていない。

領民300人ぽっちの小さな地方領主だ。

爵位を上げられたところで、それなりの格式を整えねばならず迷惑なだけだし、法衣貴族と違って爵位が上がったところで給金が増えるわけでもない。

領主にとっての給金とは、その領土から得られる税のみである。

土地は欲しいが、ポリドロ領の近隣は地方領主の土地であり、王領ではない。

それを切り取って貰《もら》えるわけはなく、また飛び地を頂いたところで代官を派遣せねばならず、これまた面倒臭い。

良い事は何も無いのだ。

色々とリーゼンロッテ女王の意図を探るべく、脳を回転させる。

なれば。

ひょっとして。

ひょっとしたらだが。

「少なくとも王家はポリドロ卿の功績には報酬が足らぬと、そう思っているし、同時に他の領主騎士も同様に、不満を抱いていよう。だから、ポリドロ卿には金銭以外にも別の報酬を用意してある。要するに、未《いま》だ独り身を貫いている貴卿に嫁を用意しようというのだ」

嫁か。

嫁が貰《もら》えるのか。

私は赤い絨毯《じゆうたん》の上で転がっていたザビーネを――

そのロケットオッパイの持ち主が、第二王女親衛隊にズルズルと足を引っ張られて壁の端に転がされているのを見遣《みや》る。

自分でやった事とはいえ、床に叩《たた》きつけるのはやりすぎたか。

まあともあれ、そんなザビーネの亡骸《なきがら》もどきを横目に、少し残念に思う。

ザビーネよ。

ロケットオッパイよ。

さらばだ。

お前のロケットオッパイは私人としての私の心を揺るがせたが、頭がチンパンジーすぎてポリドロ領の嫁としては、少しばかしアレかな、と公人の立場としては思うのだ。

だから、さよならだ。

グッバイ、アディオス。

お前のロケットオッパイは、今後ともさりげなく凝視するだけに留《とど》めたいと思う。

そんな事を考えている間にも、リーゼンロッテ女王の言葉は続く。

「つまり、血統だな。貴卿の今までの功績に相応《ふさわ》しい嫁を用意しているのだ」

来た。

来たぞ。

今までアンハルト王国にてモテないこと二十二年、前世の童貞歴と合わせればそろそろ40年。

そんな私にも、童貞を捨てるチャンスが巡って来たのだ。

ふっ、とヴィレンドルフのカタリナ女王の顔が頭によぎり、ファーストキスの感触が唇に蘇《よみがえ》るが。

それはそれ、これはこれ。

私はポリドロ領の領主騎士として、領主の務めとして跡継ぎを作らなければならない。

つまり私は、自分と手を取り合ってポリドロ領を統治し、軍役には共に立ち向かう、そんな嫁を与えられる機会がついに訪れたのだ。

横にいるヴァリエール様を見る。

壁の端に転がされ、亡骸もどきになっているザビーネの事が先ほどまで気になっていたようであるが。

今は何故《なぜ》か少々顔を赤らめ、下を向いている。

思えば、長い道のりであった。

このアンハルトでは身長2m、体重130kgを超える巨軀《きょく》から全然モテぬ身の上であり。

第二王女相談役となったはいいが、ヴァリエール様には「自分が用意出来る嫁の当てなんて無い」と断られ。

嫌々巻き込まれたヴィレンドルフ戦役では、アナスタシア第一王女に最前線に放り込まれ。

爆乳のアスターテ公爵には、その巨乳を腕に押し付けられ猥談《わいだん》を耳元で囁《ささや》かれ。

貞操帯の下の息子自身であるチンコが、凄《すご》く痛いねんと苦痛を訴える毎日。

そして王家は王家で、プライベートの場では肉体美を自慢したいのかシルクのヴェール一枚だけを身に纏《まと》い、32歳未亡人の巨乳やら、16歳爬《は》虫類《ちゅうるい》系眼光美人の美乳やらが誘惑してくる毎日。

チンコ痛いねん。

それも終わる。

今日でそれも終わるのだ。

やったね息子、明日はホームランだ。

なんかテンションが狂っているが、それくらい嬉《うれ》しいのだ。

これで、この長き苦痛の日々が終わるのだ。

さあ、リーゼンロッテ女王よ、嫁の紹介を。

「ファウスト・フォン・ポリドロ卿《きょう》には我が次女にして第二王女、ゲオルク・ヴァリエール・フォン・アンハルトを嫁として与える」

一瞬、頭の回転が停止した。

横を見る。

私の横では、身長１４０㎝にも満たない小柄の赤毛14歳貧乳ロリータ美少女が顔を赤らめていた。

その視線はずっと下を向いている。

ちょっと待て。

ちょっと待てや。

「もちろん、王位継承権は喪失し、降嫁してポリドロ卿の名を今後は引き継ぐことになる。皆、今後ともよろしく頼むぞ!!　もちろん、その血筋に不満は無いな、ポリドロ卿」

不満だらけだわボケ。

何が悲しゅうて14歳貧乳ロリータ美少女を嫁にせねばならぬ。

私は巨乳が欲しいのだ。

オッパイ星人なのだ。

「やはり、ヴァリエール様が降嫁されることになりますか」

「これは良い縁談ですな。ポリドロ卿には名誉ある血統を与えられるべきであります」

領主騎士と法衣貴族がお互いに囁きながら、勝手な事を云《い》う。

待てや。

くどいようだが、私はオッパイ星人なのだ。

「ファウスト・フォン・ポリドロ。思えばお前の母、先代ポリドロ卿であるマリアンヌには辛《つら》い思いをさせたな。お前という救国の英傑たる超人を育てながら、今まで狂人であるかのような扱いを受けていた。その汚名も王家の血を取り込むことによって、払拭されるであろう」

いや、確かにそれはいつか払拭したいと思っていたよ。

マリアンヌ母上は、私の心の中では何にも代えがたい最愛の母である。

私と領民だけがそれを理解していれば良いとは考えていたが、同時にその世間からの狂人としての汚名を払拭したいという思いもあった。

だが、こんな形でではない。

私はそっと、横のヴァリエール様の様子を見る。

やはり顔を赤らめて、下を向いていた。

「もちろん、嫌とは言うまいな。ヴァリエールよ」

リーゼンロッテ女王の言葉。

断れや盆暗貧乳ロリータ！

いや、盆暗はさすがに脳内とはいえ言い過ぎた。

ヴァリエール様は盆暗ではない、凡才である。

ただの凡才たる赤毛貧乳ロリータである。

「はい、お受けいたします」

なんで断らへんねん。

お前貧乳ロリータやろうが！

オッパイ星人とは決して相容《あいい》れぬ仲であろうが！

何故そんな単純にして厳然たる事実がわからぬ!!

ロリコン相手にしてろ、このメスガキが!!

いや、メスガキはさすがに脳内とはいえ言い過ぎた。

ヴァリエール様には何の罪も無いのだ。

ただ、私を平和で楽な軍役だよとヴィレンドルフ国境線上の砦《とりで》の警備に回して、ヴィレンドルフ戦役という地獄に巻き込ませたり。

楽な山賊退治のはずの初陣では、何故だか地方領主の反逆という戦線が拡張する事態に巻き込まれたり。

……よく考えれば私は横にいるこのロリータのせいで、随分と酷《ひど》い目に遭っている。

ヴァリエール様の意思と無関係であるとは知っているが、酷い目には遭っているぞ。

そうだ、私はオッパイ星人なのだ。

トクトアは攻めてくるだろう。

あの遊牧民族国家は七年以内にきっと襲い掛かってくる。

それは前世の知識により確信しているが。

もし攻めてこなかった場合はどうする。

私の死ぬまでの七年の性生活は、ロリータと共に終えるのか。

嫌だ。

許されるべきではない。

許されていいはずがない！

神は死んだのか！

いや、さきほどゲッシュで神の存在を知覚したばかりだけれどさ!!

「では、ファウスト・フォン・ポリドロよ。もはや形ばかりとなるが尋ねよう。我が娘、ヴァリエール・フォン・アンハルトを、ヴァリエール・フォン・ポリドロとして領地に迎え入れるか」

リーゼンロッテ女王の言葉が、私に下される。

ちょっと待て。

少しでいい、時間をくれ。

シンキング・タイムの時間だ。

スイッチング・ウィンバック。

追い込まれた時には自分なりの儀式を行い、スイッチを切り替えるように精神を回復させるのだ。

私なりのスイッチング・ウィンバックはオッパイである。

この時考えたのは、必然的にリーゼンロッテ女王のシルクヴェール一枚越しの裸体であり、その巨乳であった。

自然、勃起はする。

チンコ痛いねん。

貞操帯の下に眠る、息子の痛みにより私は正気に戻った。

「あまりに身分が違い過ぎます。私は領民３００名を養うのが精々の小領主です」

私は冷静な口調で反論した。

我ながら、完璧な回答であったと思う。

だが、リーゼンロッテ女王はそれに怯《ひる》まない。

「ヴィレンドルフ戦役の英傑にして、そして和平交渉をこなした騎士なのだ。女王である私が認めるのだ。誰にも有無は言わせない。受け入れよ」

反論すらさせないつもりかよ。

駄目だ、この場において断る事は許されぬ。

何か、何か反論方法は無いか。

少なくとも、14歳ロリータを嫁に娶《めと》る事は許されない。

オッパイ星人としての矜持《きょうじ》がそれを許さない。

我々は互いに相容れない存在であり、その境域を侵す事は断じて許されないのだ。

それはロリータとオッパイ星人が約束した、たった一つのゲッシュであったはずだ。

神に誓わずとも守られる誓約であるはずなのだ。

こんな事許されていいはずがない。

私は考え、そして脳をフルスロットルで回転させ、そこから導き出された言葉を口に出した。

「入りません」

「何？」

リーゼンロッテ女王が怪訝《けげん》な声をあげる。

よく聞こえなかったのだろうか。

私はもう一度発言する。

「だから、入りませんと言ったのです」

「それは聞こえた。だから、何がだ」

聞こえているなら、何度も言わせるな。

そういった表情で、私は再度、より詳細にして曖昧に囁《ささや》いた。

「その……私の下半身の大事なところが、ヴァリエール様の大事なところにはとても入らないだろうと言ったのです」

酷く曖昧であった。

だが意味は通じた。

リーゼンロッテ女王は英明である。

ゆえに、優しく答えた。

「ファウスト・フォン・ポリドロ卿よ。お前は未《いま》だ純潔ゆえ知らぬのも仕方ないが、女の器官というものは意外に柔軟でな。いくらお前のその下半身の大事なところが、その巨軀に見合う代物であろうとも」

「未成熟な身体つきであるヴァリエール様のお腹《なか》がボコォと、膨らむような音を立ててもいいと仰《おっしゃ》るのですか。私の代物は、尋常なる大きさではありませぬ」

私はあくまでも冷静に努め、答えることにした。

リーゼンロッテ女王は一旦停止し、キョロキョロと視線を彷徨《さまよ》わせ、次の言葉を出しあぐねた。

そして周囲の貴族たち、女性陣は顔を赤らめながらザワザワと騒ぎ出し、私を指さしながら何やら騒ぎ始めた。

この世界では、そう、この頭おかしい世界では、私の下半身の大事なところの大きさは非常に強烈なセックスアピールである。

実はあの人、地味だけれど超物凄《ものすご》いオッパイさんだったんだよと譬《たと》えるべきか。

サラシで隠していたけれど、下には巨乳があったというべきか。

ゆえに、女性は顔を赤らめる。

そして男性たる私は、前世の価値観ゆえ全く恥ずかしく等《など》ないが、この世界の常識的には自分のサイズを告白させられ、辱めを受けている状態である。

故に。

この場たった一人の男である私を除き、誰もが顔を赤らめてざわめく。

そして会議は踊る、されど会議は進まず、話は空転する事となった。

第63話　婚姻成立

ざわめきは収まらぬ。

かくいう、私ことアスターテも興奮していた。

え、ファウストのそんなにデカイの？

私は尻派である。

尻派ではあるが、何も前の方には興味が無いとまでは言っていない。

ファウストの巨軀《きょく》から大きいのは想像していた。

仮に小さくとも、それはそれでギャップにより私は興奮していたであろうと自信をもって言える。

私はファウストの事をその大きさに関わらず愛している。

だが、大きいに越したことはないであろう。

それはこのアンハルトの女性、全ての共通意見であった。

その代物の大きさは、アンハルトでは重要なセックスアピールであった。

故に、顔を赤らめながらも、ファウストの代物の大きさについて語り合う声が収まらぬ。

「静まりなさい！　それでも騎士か、いや、それ以前に淑女でありなさい!!」

リーゼンロッテ女王の叫び。

さすがの掌握力で、瞬く間に辺りを静めた。

まあ、それはよいのであるが。

「ファウスト、その、何ですか。大きいというか、その」

リーゼンロッテ女王がファウストに投げかける声は、空中分解して一つにまとまらぬ。

こっからどーすりゃいいものか。

リーゼンロッテ女王陛下も、さぞお困りであろう。

公人としては見事な人物だが、私人としては結構初心《うぶ》なところが彼女にはある。

法衣貴族が幾ら後添えを薦めても、彼女は叔父であるロベルト以外の配偶者を望まなかった。

まあ、今はファウストにご執心のようだが。

ともあれ仕方ない、助け舟を出してやるか。

「リーゼンロッテ女王陛下、発言を宜《よろ》しいでしょうか」

「アスターテ公爵？　何か意見が」

「はい」

私は顔を真っ赤にしているアナスタシアを横目に――コイツ、しばらく使い物にならないな。初心なのは母親似か――そんな事を考えながらも、発言する。

「ポリドロ卿《きょう》、卿の代物は尋常なる大きさではない。確かにそう言ったな」

「はい、そう言いました」

貞淑で無垢《むく》でいじらしい、朴訥《ぼくとつ》で真面目な、童貞のファウストが顔も赤らめることなく自然と口にする。

　恥ずかしくはないのだろうか。

　この男の純情さからすると珍しい話だ。

「ヴァリエール第二王女殿下との結婚が嫌というわけではないな」

「違います」

　何故《なぜ》かファウストは少し目をそらしながら答えた。

　ふむ、嘘《うそ》くさい。

　やはりヴァリエールは、ファウストの好みじゃあないんだろうな。

　そんな事を考えるが、まあそれは良い。

「ならば、真実かどうか確かめさせてもらっても異存はないな」

「確かめる？」

　ファウストが、不思議そうな顔をする。

　そんなファウストの顔も愛《いと》おしい。

「事は重要なのだよ、ポリドロ卿。今回の事をよく噛《か》み砕いて説明させてもらうが、先ほどリーゼンロッテ女王陛下も仰ったように、ポリドロ卿が積み上げた功績に対して、王家から支払われている報酬は足りていない。双務的契約が成り立っていないのだ。ポリドロ卿が、ヴァリエール第二王女殿下を嫁に迎えるなど畏れ多いと断って済む話ではないのだ。

「判《わか》るな」

「判ります」

「もちろん、嫌なら王家側としても無理強いをするつもりはないのだろうが……もう一度聞く。嫌ではないよな」

ファウストは、横目でチラリと、顔を下に向けたまま赤らめているヴァリエールの事を眺めて。

少し、色々な考え事を脳裏によぎらせたのであろうが。

ファウストは、ハッキリと答えた。

「嫌ではありませぬ」

おそらく、色々な人物の立場を考えたな。

断れば王家側としては立つ瀬が無いし、ファウストとしても断るなんて事が出来る立場ではない。

嫌でもそう言うしかない。

まあ、ファウストにとってはヴァリエールは嫌いな女性というよりも、庇護《ひご》する立場の女の子であると見ているのであろうが。

あくまで第二王女相談役としての立場から逸脱する気は無いのであろう。

どうもファウストは14歳たる未成熟なヴァリエールを、そもそも性的対象としては見られないのではという予感がある。

貴族同士どころか平民同士の結婚でも、14歳ならば大して珍しい話ではないのだが。

「ならば、先ほどから述べている『それ』。大きさの主張は嘘ではないと」

「このファウスト・フォン・ポリドロ、神に誓っても嘘は吐《つ》きませぬ」

「よろしい。では確かめさせてもらおうか」

私はアナスタシアの肩をドン、と叩《たた》き、目覚めさせる。

顔の赤い色はまだ収まっていないが、正気には戻ったようだ。

「ア、アスターテ？」

「アナスタシア第一王女殿下、相談役として進言いたします。これより、ポリドロ卿の言葉が誠かどうか確かめてみるべきかと」

「確かめるってどうやって」

まだ寝ぼけているのか、アナスタシア。

私は無視して声を張り上げた。

「アレクサンドラ！」

第一王女親衛隊隊長の名を呼ぶ。

身長190㎝の麗人が、これまた顔を赤らめながらも返事をした。

「はっ！　すぐに侍童を呼び、確認させるように致します!!」

そうだ、それでいい。

いくらファウストに欲情しているとはいえ、しっかりしてほしいものだ。

私のように欲情はしつつも、頭は怜悧《れいり》に働かせるべきなのだ。

私はファウストの尻を眺めながらでも、冷静に戦場で人を殺せるぞ。

「ポリドロ卿、こちらへどうぞ！」

アレクサンドラがポリドロ卿の手を引き、エスコートするように連れて行く。

どこか別室にて確認するのであろう。

そう、ファウストの代物がどれだけ大きいかを確認するのである。

私も確認したい。

この場を仕切った以上、その権利が私にはあるのではないか？

私は一瞬、そんな事を考えたが、後で発狂したアナスタシアに絞め殺されそうなので止《や》めておいた。

ファウストは大人しく、王の間から立ち去った。

※

侍童が王の間にポツンと一人。

あまり見ない顔であるが、新人であろうか。

どこの領地から王都に上がって来たのかは知らないが、アレクサンドラが連れて来たからにはハニートラップなど狙っていない、真っ当な行儀見習いの侍童であると思われる。

「リ、リーゼンロッテ女王陛下におかれましては、ご機嫌麗しく」

緊張しているが無理もない。

女王陛下の眼前で、しかも周囲は法衣貴族や領主が取り囲んでいる。

領主騎士とはいえ、300名足らずの小領主にもかかわらず毅然《きぜん》として、先ほどまで満座の席にて演説していたファウストが異常なのだ。

まさに私のファウストは英傑である。

「世辞はよい。結論から述べよ。侍童が確認したファウストの代物のサイズは如何程《いかほど》であったか」

「は、はい。計測しましたが」

侍童の顔は、やや青い。

何かショックを受けたような顔つきである。

「20㎝超えでありました」

デカイ、説明不要。

その大きさは想像を絶していた。

周囲が完全にざわめき始める。

「私の夫の二倍はあるぞ！」

「それは卿の夫のサイズが小さすぎるのでは？」

「お前を殺すぞ！　友人たる卿とてその言葉ばかりは許されぬぞ!!」
雑多な会話。
誰しもが、そのサイズに耳を疑う。
いや、ちょっと待て。
よく考えろアスターテ。
侍童が確認したのは、あくまで平常時のサイズであって……完全体は。
完全体に変身すればどうなるというのか！
ぎょっとした顔つきで、ファウストを見る。
やはり純情たるファウストは顔を赤らめず、何故か平然としている。
ファウストは母親マリアンヌの手一つで育ったと聞く。
少し、紳士としての性教育が足りていないのではないかと心配になるが。
そんな心配をよそにして。
「失礼ながら申し上げます。完全体では25㎝を超えます」
マスケット銃のバレルか何かかな？
平然とした顔で訴えるファウストに、自分の股座《またぐら》を見る。
果たして、私でもちゃんと全部入りきるのだろうか。
そんな事を考えながらも、周囲はざわめく。
「さすがポリドロ卿！　股の代物も英傑よ！」

「そうと知っていれば、どんな手段を講じてでも結婚を申し込んだのに！」

「今からでも遅くない、ポリドロ卿、私と結婚してください！」

どうしようもない貴族たちであった。

アンハルトの価値観、紅顔の美少年を好みとするその手の平をあっさり返すほどの現実であった。

それほどにファウストの股座《またぐら》に眠るセックスアピールは魅力的であった。

デカいというのは良い事だ。

人から聞いた話では！　ヴィレンドルフのチンコは特大チンコ！　うん、よし！　感じよし！　具合よし！

すべてよし！　味、よし！　すげえよし！　お前に良し！　私に良し！

そんな猥歌《わいか》を脳裏に浮かべる。

この猥歌の重要なところは、蛮族ヴィレンドルフ好みの屈強な男ですら、チンコがデカければアンハルトでも許されると謳《うた》っている点にある。

実際、奥まで届くかどうかは重要な話ではないだろうか。

ファウスト・フォン・ポリドロという男はアスターテにとって、尻も良くチンコもデカいというまさに完璧超人であった。

それを手に入れる。

そのためにも。

「ですので、今のヴァリエール様をポリドロ領の嫁に迎える事は致しかねます。本当に入りませんので。具体的にはお腹《なか》がボコォとなります」

ヴァリエールとの結婚を、ファウストに納得してもらう必要があるのだ。

そうでなければ、私とアナスタシアの愛人計画も遂行されない。

どうにかしてファウストを翻意させる必要がある。

「ポリドロ卿、今のヴァリエール様は、と申したな。つまりヴァリエール第二王女殿下の身体《からだ》が未成熟であるゆえ、どうしようもない話だと言いたいわけだな」

「はい、そうであります」

「ならば話は早い」

結局のところ、ファウストは政治的センスにおいてどこか甘いところがあるのだ。

先ほどの演説、ゲッシュには皆があまりの覇気に気圧《けお》されたが、こういうところではミスをする。

まあ、そんなところが可愛《かわい》いのであるが。

「ならば、提案だ。こうしよう。ファウストは、隣国ヴィレンドルフの女王カタリナとの間に、二年待つと約束したはずだな」

「はい、その通りであります」

「ならば、我が国も二年待つという事でどうだろうか」

本当はそんなに待ちたくないのだが。

私ことアスターテ公爵など20歳になってしまうが。

この際は仕方ない。

「二年ですか」

少し、不服そうにファウストが呟《つぶや》く。

不満を隠しきれてないぞ、ファウスト。

そこがお前の未熟なところだ。

「そうだ、二年だ。何、ヴァリエール第二王女殿下は14歳、確かに背の高さも、身体つきもまだお前を受け入れる様な具合にはなっていないだろうさ。それは認めよう。だが、二年後は違うぞ」

私は両手を組み、自分の乳房を、戦場では邪魔になる爆乳を持ち上げる。

ファウストの視線が、こちらに向き瞳孔が拡大するのが認識出来た。

「ヴァリエール第二王女殿下も、王族の一員であることに間違いない。王族の血統は総じて肉付きが良い。二年も待てば、その身体つきも女性としての丸みを帯びている事だろうさ。お前のその股座のデカブツも受け入れられる」

何故《なぜ》かファウストが顔を顰《しか》めた。

何かとても痛そうに身を屈《かが》めているが、理由は判《わか》らぬ。

熟考に入ったのか、それとも将来のヴァリエールの姿を思い浮かべているのか。

「……承知しました。ヴァリエール様が二年後、女性として私の代物を受け入れる身体つきになりましたら、ポリドロ領の嫁、ヴァリエール・フォン・ポリドロとして迎え入れましょう」

「そうしよう。それがいい」

ファウストが折れた。

これで私たちの愛人計画も頓挫せず、順調に進行する。

王家の面子《メンツ》がこれで立ち、ファウストの立場もヴァリエールとの婚姻により補強され、領主騎士はポリドロ卿《きょう》がちゃんと功績に報われたことに安心、全てが丸く収まる。

私はリーゼンロッテ女王へと向き直り、言葉を発する。

「女王陛下、御決断を」

「う、うむ。アスターテ公爵の意見や良し。それを採用とする。本日この場を以《もっ》て、ファウスト・フォン・ポリドロ卿と我が娘ヴァリエール・フォン・アンハルトの婚姻の約束を結ぶことにしよう。只今《ただいま》より二人は婚約者である！」

顔を赤らめて下を向いていたヴァリエールが顔を上げ、ぱっとファウストの顔を見る。

何だ、何か言いたい事でもあるのか。

「ファウスト、最後に念のため聞くけど。本当に嫌じゃないのね。本当に嫌なら言って。たとえこれが貴族的な結論から避けられない事であっても、私は貴方《あなた》の邪魔をしたくないのよ」

「ヴァリエール様」

ファウストと、ヴァリエールが一時見つめ合う。

身長2m超えの巨軀《きょく》の男騎士と、身長140㎝に満たない小柄な第二王女のカップルである。

少し、妬ましい。

「嫌ではないのです。決して貴女《あなた》の事は嫌いではありませんよ、ヴァリエール様。ですが、逆に問います。私は本当に領民300名足らずのちっぽけな小領主に過ぎません。贅沢《ぜいたく》な暮らしは出来ませんよ」

いや、ファウストは私とアナスタシアの愛人にして、金はジャブジャブ与えてやるので苦労はせんと思うが。

ファウストの知らぬところで、王族によるポリドロ領の開発計画も進んでいるのだ。

ポリドロ領はヴィレンドルフ国境線から少し離れたところにある領地であるが、小さな山も川もあるし、それに領地規模はそれほど小さくない。

まだ発展余地はあるのだ。

この世には家を継げない平民の次女、三女もたくさんいる。

あとは男さえ手に入れれば、領民を増やす事には困らない。

……もっとも、ファウストはそんなの嫌がるだろうが。

ファウストとしては地元民による緩やかな人口上昇を考えているだろう。

それはアスターテ公爵領を統治する領主騎士として、理解出来る。

だが、それでは困るのだ。

アナスタシア第一王女とアスターテ公爵の愛人が統治する領地としては小さすぎて困るのだよ、ファウスト。

私は少し自分に嫌悪感を抱きつつも、ヴァリエールの言葉に耳を傾ける。

「贅沢な暮らしなんていいのよ。私はファウストがいれば幸せだわ。あ、でも、第二王女親衛隊の子たちの行く末は最後まで見届けたいから、時々王都に帰ることはあるかもしれないけど」

「構いませんよ」

ファウストが優し気に微笑《ほほえ》んだ。

おそらく、ヴァリエールの優しいところ、第二王女親衛隊の事を忘れていない事がツボに入ったのであろう。

本当に優しい笑顔だった。

少し、ヴァリエールに嫉妬する。

その嫉妬はリーゼンロッテ女王も同じであろう。

「では、互いの了承を以て、二人を婚約者とする！　皆盛大に祝福せよ!!」

リーゼンロッテ女王の、身内にだけ判る少しばかり不機嫌な声。

その大声に応じて、王の間の騎士たちが盛大に拍手した。

第64話　汝、惚れた男の言葉を疑う事なかれ

王宮の中にある、アナスタシア様の居室。

アナスタシア様の妹であるヴァリエール様と、ポリドロ卿の結婚が決定した一時間後。

「正直に言おう、疲れた」

「本当に」

第一王女アナスタシア様は長椅子に横たわっていた。

相対するアスターテ公爵も同様である。

その様子を眺める、私ことアレクサンドラも同様に床でいいから倒れ込みたい気分であったが。

第一王女親衛隊の隊長としての意地と、超人としての誇りでそれを堪《こら》える。

まあ、長椅子に横たわっているアナスタシア様もアスターテ公爵も、同様に超人ではあるのだが。

「結局、今回はファウストにしてやられたという事か？」

「いやさあ、最後は何だかんだ言ってファウストの意見に私たちは同意した。それは嘘《うそ》じゃないだろ？」

「それはそうなんだけどさ」

正直、ベッドにでも横たわりたい気分でいらっしゃるであろうが。

アナスタシア様は身体《からだ》をムクリと起き上がらせ、言う。

「単刀直入に言う。アスターテ、お前はファウストの演説が正しいと思って同意したのか」

「いいや、正直今でも疑ってる。リーゼンロッテ女王の言葉に理があると思っている」

リーゼンロッテ女王の御言葉《おことば》。

戦争は真面目な行為の真面目な手段であるべきだ。

ゆえに、トクトアはまだ西征してこない。

私もそれには同意する。

だが。

「だけどさあ、アナスタシアよ。私は今は、ファウストの言葉にも理があると思っているんだ」

交易圏の拡大。

今では神聖グステン帝国とフェイロン王朝が、細々とやっているに過ぎなかった。

絹の道《シルクロード》復活による交易権益の確保。

トクトアの率いる遊牧民族国家の財務官僚が、異国の商人であることからなる思いもよらない発想。

ファウスト卿がヴィレンドルフから収集してきた情報。

だが、それを考えると。

「公爵たる私の意見を、第一王女殿下に述べよう。ファウスト・フォン・ポリドロ卿の言葉には理がある。それは否定しきれるものではない。ああ、そうだ。否定しきれるものか」

「だから、ファウストのゲッシュに続いて、軍権を母上に差し出したと。アスターテ公爵殿、母君が悲しまれるぞ」

「あー、私がこっちにいる間の領地を任せてるからな……。今日の事情を知らない母上殿は激怒するだろうね。限定条件下とはいえ、何故《なぜ》軍権など差し出したと」

アスターテ公爵は、長椅子に横たわったままだ。

仰向《あおむ》けになり、手を大きく伸ばしてひらひらと手をかざし、それに応える。

「だが、必要だ。遊牧民族国家が襲い掛かってくると仮定する。仮定するならば、ファウストの言葉通りに軍権の統一が確かに必要だと考えるのだ。それは間違っているか？」

「間違っていない」

アナスタシア様が、いつもの爬虫類《はちゆうるい》じみた眼光のアルカイックスマイルで答えた。

私も間違っていないと断言出来る。

一時、現地視察の名目で第一王女親衛隊の隊長としての職務を副隊長に預け、北方の遊牧民退治に出向いたことがある。

強力な遊牧民を殺すには、一人でも多くの超人が必要とされたからだ。

辛《つら》い闘いであった。

ポリドロ卿《きょう》の言葉を借りよう。

人馬一体と化した騎射を当然のように行う。

軽騎兵ゆえに逃げ足も速い。

容易に根絶出来るものではない。

そんな連中がヒット・アンド・アウェイを繰り返しては、北方の村や町を襲い、略奪し
ているのだ。

超人の技量から私はかすり傷すら負う事も無く、何人も殺したが。

奴等《やつら》の戦闘士気の維持能力は異常だ。

私が自前のロング・ボウで馬を射殺し、ある一人のどうという事もない遊牧民が地面に
転げ落ちた時の話だ。

もはや逃げ切れぬと判断した遊牧民はその場で立ち止まり、自分が所持する矢種を射尽
くすまで撃ち続け、自分の部族の遊牧民が逃げ切る時間を稼ぐのだ。

何度もそんな現場があり、私は遊牧民の誰もがああいう行動に出ると理解した。

家族が人質のような形になっているのであろうな。

おそらく降伏したと見てとられれば、家族が殺される。

降伏することで部族の滞在地等の情報が洩《も》れ、我々が報復する事を恐れてだろうな。

効果的なのは、ヴィレンドルフのクラウディア・フォン・レッケンベルが行ったような、

部族長、そして次席指揮官をも続けてアウトレンジから射殺し、騎馬突撃を行う方法。

斬首戦術による士気崩壊からの、重騎兵による騎馬突撃という何もかもを押しつぶす超強力な踏み荒らしである。

来年の軍役でポリドロ卿が遊牧民討伐に参加されるならば、彼をレッケンベルに見立てた戦術として王家正騎士団に提案しようと思っていたほどだ。

だが。

それも、ポリドロ卿に言わせればトクトア・カアンが率いる万の騎兵には通用しない。

絶望的である。

「アスターテ公爵として再び述べよう。王家として、損があったか？　もしトクトアが攻めてこなくても、責任は全てファウストが取ってくれる。何の損があった」

「……辛そうね、アスターテ」

「決まってるだろ。辛いよ。戦術の天才と言われながら、今回の状況の変化を読み切れなかった。私は真の大馬鹿者だ。無能だ。何が鬼神のアスターテだ。ヴィレンドルフ戦役ではアイツは私と一緒に死地にいた。だが、今回ばかりはアイツは一人ぼっちで死地に立っている」

アスターテ公爵が、長椅子に仰向けになったまま。

顔を両手で覆い、泣きそうな顔で呻《うめ》いた。

「トクトアが攻めてこなければ、七年後にはファウストが死ぬ。攻めてきてほしくはないが、攻めてこなければ私の惚《ほ》れた男が死ぬ」

「アスターテ」

「ファウストが死んじまうんだよ、クソッタレが！」

アスターテ公爵がむくりと起き上がり、テーブルを大きく叩《たた》いた。

激しい打撃音が鳴り、超人の膂力《りよりよく》により跳ね上がったテーブルの脚が床を叩く。

「落ち着きなさい、アスターテ」

アナスタシア様の御心《おこころ》は、アスターテ公爵とそう変わりないであろう。

だが、きわめて冷静に努めようとしていた。

アナスタシア様は初陣にて、一つ失敗をなされた事がある。

初陣たるヴィレンドルフ戦役において、レッケンベルの策略により本陣にヴィレンドルフ精鋭の騎士が30名浸透し、突撃。

才能ある親衛隊30の内、10名を失った。

アナスタシア様はその王家の血筋から来る発狂状態に入り、敵の精鋭の内15名をご自身のハルバードで斬り殺した。

アスターテ公爵との通信が途絶えたその間に、ヴィレンドルフ軍はレッケンベルの指揮により、我が軍を包囲。

あそこでポリドロ卿がレッケンベル相手に一騎討ちへと持ち込み、勝利しなければそのまま敗北していたであろう。

アナスタシア様は、あの時の事を致命的な失敗であったと後悔していらっしゃる。

だから、どんな時でも冷静に努めようとする。

爬虫類のような眼光はより鋭利に研ぎ澄まされ、冷酷ささえも帯びる様になった。

……本当は親衛隊の皆には、優しい方なのであるが。

最近では妹であるヴァリエール様にも優しくされるようになったが、だからといってあの時の屈辱を忘れたわけではないだろう。

だから、アナスタシア様は冷静に言うのだ。

「ファウストは死なないわ」

「何故そう思う!?」

「ファウストの予感が的中すると思うからよ」

音が、一瞬消えたように思えた。

私も一瞬、耳を疑った。

アスターテ公爵が、戸惑った顔のままで短く返す。

「何と言った?」

「トクトアは七年以内に攻めてくる。リーゼンロッテ母上とは違って、娘たるアナスタシア第一王女は、トクトアが攻めてくる可能性が高いと言ったのよ」

「ファウストの言葉に理はある。理はあるが、可能性としては低い。東方交易路の東から、はるばる攻めてなど来るものかよ」

けっ、と唾さえ吐きそうな顔で、アスターテ公爵が顔をそむけた。

だが、アナスタシア様は冷静に喋《しゃべ》り続ける。

「本当に神託の可能性がある」

「はあ？　気でも狂ったのかアナスタシア。火炙《ひあぶ》りの刑にされた異国の『彼』と同じだとでも？」

「私に言わせれば、異国の『彼』は本当に狂ってただけよ。戦場のルールさえ知らなかった男の超人。まあそんな事はどうでもいいわ。私の知るところの情報では、ファウストがあそこまで遊牧民族国家の知識を、短いヴィレンドルフにおける滞在で知り得たとは思えない」

アスターテ公爵が、そむけた顔を前に戻す。

だが、その表情は馬鹿にしたように歪《ゆが》んでいた。

「満座の席でさんざん馬鹿にされた、アンハルト王国における諜報《ちょうほう》統括を担っているヴェスパーマン卿の情報なんぞ知れてるだろう？」

「ヴェスパーマン家はあそこまで言われる程無能ではないわ。まあヴィレンドルフにおいて、レッケンベルが構築した防諜《ぼうちょう》の手強《てごわ》さ――死後二年経《た》っても全く緩まないそのすごさは認めるけどね」

クラウディア・フォン・レッケンベルは万能型の超人であった。

政治・軍事の両面において多大な成果を見せており、それは情報網の構築や防諜でさえ才能を見せていた。

ヴィレンドルフ戦役において敵の侵攻を読み取れなかったのはヴェスパーマン家の無能ではなく、レッケンベルの有能さが勝ったと言うべきであろう。

まあ、その敗北の代価を支払わされることになったポリドロ卿、アナスタシア様、アスターテ公爵、そして私などといったヴィレンドルフ戦役被害者の面々はボロクソに言っても許されるとは思うのだが。

「ともあれ、ヴィレンドルフですら、あそこまでの情報を入手出来てるとは到底思えないのよ。ヴィレンドルフは確かにファウストに遊牧民族国家の情報を開示した。フェイロン王朝から流れた超人からの情報さえ渡した。けれど、ファウストが持っている情報と知識は俯瞰《ふかんてき》的視点から得たもの、とてもヴィレンドルフから調達出来たとは思えない」

「だから神託？　神から与えられたものだと」

「そうよ。そう考えた方が筋が通る。ファウストは私たちもヴィレンドルフも知らない何かから情報を得た。それは何か？　御用商人のイングリット商会？　亡き母親マリアンヌの領地経営日誌？　はたまた、絹の道《シルクロード》の東の果てから流れて来た吟遊詩人から？」

どれも当てにならない。

なるほど、確かにポリドロ卿が入手出来る情報など限られている。

私としても、遊牧民族国家の情報をヴィレンドルフがそこまで得ているとは思えない。

アナスタシア様に言われてみれば、であるが。

なれば、本当に――

「本当に神託だと？」

「神託だなんて言っても筋が通らない。誰も信用しない。ファウストは悩みあぐねた結果、自分の口で、ヴィレンドルフから得てきた情報だとして遊牧民族国家の状況を演説し、最後にゲッシュを誓う事で皆の信頼を得た」

「むう」

アスターテ公爵が自らの口を押さえながら、考え込む素振りを見せた。

確かに。

確かに、神託をポリドロ卿が得て、その知識を皆に判《わか》りやすく開示したとすれば筋は通る。

「私にはこれ以上思いつかなかった。ファウストは頭は決して悪くない。むしろ回転は速い方。だけれど政治オンチだわ。ゲッシュに至るまでの決意と、あそこまでの情報量の演説とで、領主騎士の皆を納得させた以上は」

「ファウストにあそこまでの決意をさせたのは神託があったゆえと考えた方が、まあ筋が通ると言うか、面倒臭くないと言うか、理解しやすいと」

「私、理解出来ない事って嫌いなのよ。ファウストが情報を得られる手段は、もはや神託以外に無いわ」

アナスタシア様は理解不能な状況を嫌う。

なれば、多少不可解でも理解可能な推測を選ぶ。

何より、私とて聞かされてみればアナスタシア様の御考《おかんが》えが正しく思える。

「ならば、ファウストの言葉を丸々信じるのか？」

「信じるわ。ファウストがあそこまで言ってのけた以上は信じる」

そこまで言い切って、アナスタシア様は途中で言葉を切り。

私とアスターテ公爵の二人が耳を澄ましてようやく聞こえる様な小さな声で、呟いた。

「惚れた男が命がけで言う事なんだから、信じてあげたいじゃない」

神託だとか。

他に情報源がないだとか。

色々理由を付けてみたものの、アナスタシア様の本音はそれなのだろう。

「そうか、判った。判ったよ。私もそうする」

アスターテ公爵は、打てば響く鐘のように笑って答えた。

アナスタシア様とアスターテ公爵の気持ちは完全に同調した。

惚れた男のために、この際骨の髄まで信じてみることにしようか。

あのゲッシュでの決意を、ポリドロ卿のあの時あの場面での立場や、今後の利益を考えての事ではなく、今後とも真実にすることで結論付けたのだ。

「ならば、やる事は一杯あるな。まずは来年の遊牧民族滅、ファウストが言ってのけたよ

うに一年でやってみせるぞ。参加する王家正騎士団と、軍役として参加する領主騎士。その連携、いや、軍権の統一というべきか。難しい問題だぞ」

アスターテ公爵が、非常に難しい問題を笑って口にする。

アナスタシア様ならやってのけられると信じているのだ。

「もちろん、そうするわ。協力してよね、第一王女相談役」

アナスタシア様が、眼光鋭いアルカイックスマイルではなく、珍しく相好を崩した顔で囁《ささや》いた。

「はいはい、承知しましたよ」

アスターテ公爵は笑ってそれに頷《うなず》いた。

アナスタシア様と、アスターテ公爵は本当に良いパートナー同士なのだ。

私は口の端を綻ばせ、静かに安らいだ気持ちになった。

――結局、アナスタシア、アスターテ、アレクサンドラ、この三名は気づく事が無かった。

ファウスト・フォン・ポリドロの考え。

それはあまりに謎めいた情報入手元から、神託まがいのものであるとして片づけられたが。

実際のそれは転生者としての前世の知識から来るものであり、神託よりも根拠がなく確証たりえないという事には。

ヴィレンドルフの情報があってこそ確信たりえども、その恐怖を呼び起こしたものはもっと別な根拠であることからとは。

この世界の誰も知らない。

第65話　トクトア・カアンの西征準備

1000人ほども入る、巨大な幕舎であった。

石造りの城壁で囲まれたフェイロンの王都があるにも拘《かか》わらず、遊牧民族国家の女王たるトクトアはそこには住んでいない。

嫌いなのである。

それはトクトアだけでなく、他の遊牧民も同じであった。

遊牧民たる彼女たちは、石造りの都に住むことを何より嫌った。

アレは我々の住む場所ではない。

何も、彼女たちとて自由奔放に草原を駆け巡って好きな時に好きな場所で住んでいるわけではない。

部族ごとに固有の夏営地、冬営地などの定期的に訪れる占有的牧地を持っているのだ。

まあ、人口の過密化による部族同士の争いが発生し、土地を奪い合う事もあったが。

それは、今はもう無い。

トクトアという強力な超人の出現によって、部族同士の小競り合いはなくなった。

表向きには。

裏では少なくなったものの、部族同士の小競り合いや殺し合いは起きている。

だが、それも仲裁、時には一方を裁く王がいるからには、やはり昔とは違うと言えよう。

まあ、ともかくだ。

何にせよ、石造りの都は遊牧民たる彼女たちの住む場所ではないと決め込んでしまっていた。

ただ、何事にも例外は存在する。

王都に住んでも良いと考える遊牧民も、少なからず存在する。

トクトアの娘である、セオラがその一人であった。

セオラ、遊牧民の間では「考える者」や「見る者」といった意味の名を持つ少女。

彼女は王都の居住地から幕舎の中に入り、真《ま》っ直《す》ぐにその中央へと進んでいく。

幕舎内の構造は理解していた。

「母上、いらっしゃいますか」

「もちろん居るとも。好き好んで石造りの都市に住む、変わり者の我が娘セオラよ」

「必要な事です。ご存じでしょう」

セオラは、嘆息しながら答えた。

彼女とて遊牧民の生活の方が長い。

幕舎やゲル、要するに移動式住居で過ごすのが嫌いというわけではなかった。

セオラが王都で過ごすのは、異民族の実務官僚、それらの長を務めているためである。

彼女は遊牧民の生まれであったが、政治方面の能力に非常に長《た》けていた。

「今日こそは、国号を決めていただきます」

「またその話か」

トクトア・カアン。

セオラの母親であり、騎兵にして20万の軍を率いる遊牧民族の長はどうでも良さそうに零《こぼ》した。

「フェイロンは滅ぼしました。フェイロン王朝を地の果てまで追い詰め、王族を血の一片すら残さず皆殺しにする間にも、我が国家の規模は拡大しています」

「キュレゲンは帰順したな。賢い女どもだ。思わず我々王家に準ずる地位を与えてしまった」

「有能なのです。戦力差を最初から理解し、全面降伏しました。経済感覚に優れており、財務官僚としてだけでなく、あの民族は統治のための文官にも起用出来るので助かります。数十年後ならばともかく、今支配したばかりのフェイロンの民を重用するのは難しいですからね」

セオラは、母親の言葉に力強く頷く。

本当に助かったという顔だ。

統治のための人材が不足している。

実務官僚が本当に不足しているのだ。

元々、遊牧民の数はフェイロン王朝に比べるととても少ない。

騎兵20万の家族を含めても、トクトアの率いる遊牧民の数は百万に満たない。

それでも数千万の人口数を誇るフェイロン王朝を滅ぼした。

彼女たち、遊牧騎馬民族はそれこそ狂ったように強すぎたのだ。

「強い、強い、我らは無敵だ。稲妻も雷鳴も我らを阻む事など出来はしない。そうはしゃぐのは結構。ですが、統治の実務を担当する身にもなってほしいものです」

「そんなに人が足らんのか？」

「むしろどうすれば足りていると考えられるのです！」

とぼけたように言う母親に、セオラは石でも投げつけてやりたいと思った。

どれだけ苦労していると思っているのか。

それが母親であり、かつ強烈なカリスマを持つ超人たるトクトア・カアンには判らなかった。

放埓《ほうらつ》。

馬が柵である埒《らち》から出る、というその言葉通りの性格であった。

つまり、何事にも縛られず自由であるのだ。

国家を征服してしまった後の統治の事など、その頭の中には無い。

だからこそ、セオラが苦労している。

だがキュレゲンが帰順するなら帰順するで、それを全面的に肯定し、国を丸ごと取り入れて王家に準ずる地位を与え、民を重用してしまう。

そんな無茶苦茶なところがトクトアにはあった。

そして、その無茶苦茶がこの国家にとって良い方向に進んで来たからこそ今がある。

だからこそ、セオラはこのトクトアという自分の母親にしてこの遊牧民族国家の女王を、全面的に否定する事は難しかった。

セオラは話を戻した。

「まあいいです。それより今日こそは、国号を決めていただきます」

「面倒臭い」

繰り返そう、トクトアは放埒であった。

国の名前を決定し、それに縛られる事すら面倒臭がったのである。

だから国号を決めたがらない。

セオラはそれを理解していたが、国号を決めないとトクトア以外の人間は余計面倒臭い事になる。

今までは単純に、遊牧民の言語、原義は「人の渦」という意味を表すウルスと呼んでいた。

何、国家が大きくなった？

では大ウルス。

それでいいではないか。

トクトアは今までそう言い捨てていた。

余りにも酷《ひど》い。

「母上、ウルスは国家の名前ではありません。それは人間的集団という意味の言葉です」

「我々が使い続ければ、国家という言葉になるだろう。いや、すでになっていて何の問題もない。歴史を作るのは我々だ」

「そうでしょうけどね」

一理はあった。

それはそれとして、なら国家の名前は決めろよ。

文官としては面倒臭くて仕方ないのだ。

セオラは、今日こそは国家の名前を決めてもらうつもりでいた。

「じゃあ、モンゴルで」

「はあ？」

モンゴルという言葉の意味。

それは遊牧民の間で、「素朴で脆弱《ぜいじゃく》」という意味を表す。

ふざけているのか、この母上は。

「イェケ・モンゴル・ウルス。大きく、素朴で脆弱な、国家。それでよい」

「よくありません。何処《どこ》に素朴で脆弱などという意味で、国家の名を付ける馬鹿がいるのです」

「面白いじゃあないか」

面白いか面白くないかで、国家の名前を決めるな。

セオラは頭痛がした。

きっと、トクトア・カアンの名前を聞いただけで身が打ち震え、心が焦がれる思いをする遊牧民のノヤン、つまり部族を有する領主たちは。

彼女たちは笑って、その国の名を受け入れてしまうに違いない。

さすが我らが女王だ。

洒落《しやれ》が利いている。

この母上の言葉を以《もつ》てして、只今《ただいま》よりこの国家の名前は大モンゴル国だ。

ああ、そうだ、この人はいつもそうなのだ。

いつも面白いか面白くないか、それだけで突き進んでしまう。

セオラは眩暈《めまい》がした。

しかし、自分の領分の仕事はキチンと果たさねばならぬ。

セオラはトクトアの性格には全く似ず、父親似の性格と呼ばれ育ってきた。

もっとも、それで恥ずかしい思いをしたことはない。

決して文弱な娘ではなく、戦場では1万の騎兵を率いる万人隊長。

王の娘としての仕事を果たし、フェイロン王朝を滅ぼし、それを守る幾百人もの超人を敵に回して討伐、或《あ》いは懐柔して仲間に取り込んで来た。

時にはフェイロンの技師や超人の所まで自ら出向き、調略する事すらあった。

万能型の超人たる彼女を侮る者など、このウルス、今では大モンゴル国と国号が定められた遊牧民族国家では一人としていなかった。

「承知しました。大モンゴル国として、国号を公布します」

「おいおい、本気でやるつもりか。アホみたいな国の名前だぞ」

「母上が言ったんでしょうが!!」

駄目だ、この人に付き合っていると話が進まない。

国号は決まった。

国号は決まったのだ、セオラにとってはアホみたいな名前だけれど。

次の話をしよう。

「パールサの陥落、お疲れさまでした」

「やっとな」

先日まで、トクトアはパールサ王朝を滅ぼすために国外に出ていた。

多くの人畜という名の男、そして財宝を略奪して帰って来た。

その戦争に参加した武将への論功行賞、財貨の分配がやっとの事で終わり、今ようやく娘と母親とが話し合う時間を取れたのだ。

パールサとの戦争のきっかけは、せっかく友好を結ぼうとした我が国の派遣した使節団と隊商が殺され、その財貨が略奪されたから。

という事に表向きはなっている。

実際には、もちろん違うのだが。

「パールサの土地がやっと手に入った。それに、商人を甘えさせてばかりというわけにはいかん。アイツ等《ら》にはいい薬になったろう」

最初から侵略目的である。

パールサが所有する高原、つまり新たな牧地の貴族たちへの授与、戦利品の分配、略奪、虐殺、パールサで我らが行ったそれらを当初から目的としたものである。

母上は、それこそ私が生まれる前から、異国の商人からの援助を受けていた。

金銭的支援はもちろんの事、フェイロンやパールサの投石技師、武器の職工の紹介。

果ては、財貨として部族に分け与える男を送り届けることまで支援させた。

もちろん、理由はある。

彼女たち異国の商人は見返りとして、財務官僚としての地位を望んだ。

母上がその優れた直感以外でどこまで内実を理解しているのか知らないが、今の文官の長たりえ、政治的能力に恵まれたセオラには理解出来た。

数千万の民を持つフェイロン王朝の財務官僚としての立場、徴税権、強烈な見返り。

得られるのは国から得られる給金だけではない。

いや、むしろそんな小銭は必要とすらしていない。

徴税を代行するという事は、国庫に入る膨大な金を少しばかりくすねる事も出来るという事だ。

更に彼女たちは、商人としての仕事も忘れてはいない。

遠征軍や対外戦争のための物資の調達や、輸送網の確保をしていく中で、国家主導による超大型の通商・流通を作り出す。

当然、財務官僚として特別な立場を持つ彼女たちは、それを利用して稼ぎ出す。

さて、彼女たちは母上への投資額に対して、既に何百倍もの額を稼ぎだしたであろう。

これからは、何千倍という額を稼ぎ出すのかもしれない。

だが、解雇する事も出来ない。

人材の代わりがいないからだ。

セオラは小さく呟《つぶや》く。

「いい薬、ね」

彼女たちの代わりなど、何処の世界にいるというのか。

誰が当時、はるばるフェイロン王朝の北の大草原までやって来て、我が母上たるトクトア・カアンに援助するなどと。

この場では見返りは何もいらない、一方的に投資するだけなどと。

代わりに遠い将来、貴女《あなた》がフェイロン王朝を征服したならば、我らを財務官僚にしてくれなどと言うのだ。

彼女たちにとっては遊牧民の素質、20万の騎兵を有する国家が成立すれば、必ずや強大になりフェイロン王朝を征服出来ると確信出来たのだろう。

だが、常人から見れば完全に夢物語で、旅の徒労と無駄な投資にしかならぬものでしかない。

我が母が、たった一人の超人たるトクトアが現在こうなるなどと確信出来る化け物じみた連中なのだ。

あの異国の商人にして、我が国の現在の財務官僚という連中は。

多少気に食わなくても、代わりなどいない。

絶対に敵に回すべきではない、むしろ重用すべきなのだ。

何故《なぜ》なら、彼女たちは少しばかり金はくすねるけれど、それは遊牧民がやっても同じことをするだろうから。

いや、もっと酷くなるかもしれない。

セオラはそう判断する。

雑考。

それを止め、セオラは思考を現実に戻した。

「商人には、いい薬とおっしゃいましたが」

「パールサの商人は、今では我が国の民となっている者たちは、祖国であるパールサとは友好による交易路の保護と拡張で儲《もう》けることを考えていた。ふざけるなよ、と」

トクトアが、馬乳酒を口に含む。

器に入ったそれではなく、牛の胃袋を使ったフフルという袋の口からである。

遊牧民としての昔からの習慣は、女王となった今でも抜けていない。

「裏切り者は死ぬべきだ。そして裏切らなかった人間にも、少しばかり判《わか》らせる必要があった」

「まあ、否定はしません」

トクトアは祖国パールサへの侵攻に反対した実務官僚や商人を、使節団と隊商として送り込み、こちらが潜り込ませた工作員に殺させた。

憐《あわ》れにもパールサの総督に罪を擦《なす》り付け、その名前で隊商が抱えていた積み荷を街で売り飛ばしたのだ。

後は簡単だった。罪もない総督を批判し、処罰するよう使者という名の喧嘩《けんか》をパールサに売った。

パールサはトクトア・カアンに抵抗する道を選んだ。

そして、滅んだ。

大モンゴル国が余りに強かったゆえに。

そして、多くのパールサ人の実務官僚が国情や地理に関する詳細な情報をトクトアに提供したゆえに。

「いやあ、殺した、殺した。パールサでは本当に沢山殺したぞ、セオラよ。お前は気に食わないであろうが」

「気に食いませんね」

セオラは、もはや諦めてはいるのだが、愉快そうな母の言葉に否定的に答えた。

「人の命はもっと効率的に使用するべきです。死はその機能を喪失させます」

「セオラよ、人の命に意味など無い。死ねばただの血と肉の塊だ。家畜と同じよ。土に還《かえ》る。だが、唯一この世に残す物がある。死への恐怖だ」

セオラは、母親の事が決して嫌いではない。

だが、その人格面ばかりは擁護出来なかった。

温厚なるセオラにとって、母親の残酷性を認めるのは余りにも困難であった。

「罪もない総督、彼女は母上の眼前にて、両目と両耳に溶かされた銀を流し込まれて殺されたと聞きました。本当に何の罪もないのに。彼女は最期まで自分の無実と慈悲を、母上に訴えたと聞いています」

「私は先に言ったぞ、セオラ。裏切らなかった人間にも、少しばかり判らせる必要があったと」

馬乳酒を口にしながら、御機嫌の様子でトクトアは言った。

「もう、これでパールサ人は誰も裏切らない。恐怖こそが人を抑えつける。私やお前に仕える『元パールサ人』の実務官僚たちは、たった一人の犠牲で、次の犠牲者を生み出さなくて済むのだぞ。感謝してほしいくらいだ」

トクトアは度々、恐怖というものが如何《いか》に効率的であるかを皆に説く。

確かに、効率的ではあった。

彼女たちの祖国、パールサはもう征服されたのだ。

我々は侵攻した、破壊した、放火した、虐殺した、略奪した、そして去った。

パールサ人はもう誰も逆らわない。

「それにしても、パールサ侵攻にあたっては人を殺し過ぎました」

「ちゃんと殺したのだ。沢山殺したのだ。人が恐怖に怯《おび》え、トクトアの名を聞くだけで泣き喚《わめ》いて命乞いをするほどに殺したのだ」

三度、殺したのだとトクトアが口にする。

続いて口にするのは、お決まりの台詞《せりふ》だ。

「恐怖こそが人を支配する」

馬乳酒を完全に飲み終えたのか、袋が萎《しぼ》む。

トクトアは空の袋を地面に投げ捨て、言った。

「パールサ人は我らの統治にもはや逆らわない。綺麗《きれい》さっぱり滅ぼした。だがいずれ、放っておけば人口も元に戻るさ。そうだな、私の孫の代には戻っているさ。だが恐怖は薄れぬ」

首を横に振り、骨を鳴らしながらトクトアは聞く。

「もうパールサに関してはどうでもいいだろう？　セオラよ」

「ええ、もう結構です。パールサに関しては、もはや何も言いませぬ」

セオラの言葉は何一つ、トクトアには届かないであろう。

諦めるしかなかった。

済んでしまった事を口にしても仕方ない。

だが、これから話す事に関しては思い留《とど》まってほしかった。

「先日の集会にて、私が留守にしている間に西征が決定されたと聞きましたが」

「なんだ、もうバレてるのか」

「母上！」

何を考えているのだ。

パールサへの侵攻を終えたばかりなのだぞ。

支配したパールサの牧地を貴族たちへ分配したからそれで終わり、そういうわけにはいかない。

征服した以上、統治しなければならないのだ。

「パールサの統治はどうするのですか!?」

「綺麗さっぱり滅ぼした。人口が増えるまでしばらくは大丈夫だ。パールサの今後は異国の商人たちに知事職を任せてある。娘たちに領土も分配したしな」

おそらく、パールサの統治はロクなものになるまい。

セオラは眉を顰《ひそ》める。

徴税権が金で売り買いされ、治安は乱れ、人頭税や臨時徴税の反復徴収が行われるであろう。

知事たちは横領し、国庫には一銭も収まらない。

その腐敗の光景が容易に想像出来た。

セオラと違って、他の姉妹に統治適性などない。

自分さえ贅沢《ぜいたく》出来ればそれでよく、国家や民の安寧を望む意思などないであろう。

一般の民の困窮など気にも留めはしない。

セオラには、民の怨嗟《えんさ》の声が聞こえるようであった。

もう一度言うが、他の姉妹に統治適性など無い。

そもそも遊牧民にそれを求めるのが無茶というものだ。

土地に馴染《なじ》んだ娘、孫の代に、税制改革が行われるのを期待するしかないであろう。

「母上は、人の気持ちが判らない」

「理解しているさ。お前は妙な娘だ、セオラ。人はお前のように下の者に気遣う者は少ない。むしろ、お前がおかしいのだ。そこの所を理解しているのか？」

「そんな事わかっております」

セオラは、小さく返した。

遊牧民としては、いや、この支配する土地の元フェイロン人と比べても、やはり私の方がおかしいのであろう。

戦場とあれば勇ましく闘おう。

だが、必要とする略奪ならまだしも、必要としない略奪までやる必要はない。

セオラは、食べていけるだけの物が手に入れば、それで十分と考える性格であった。だから。

だからこそ御免であった。

「征西する。遥《はる》か西のアンハルトやらヴィレンドルフやらの北方によい草原地帯があるらしいぞ。そこを拠点にし、両国を滅ぼそう。途中までの国の領地は配下や他の娘に。セオラには、そのアンハルトやらヴィレンドルフやらの土地をやろう。お前が望む理想の治世をやりたいのであれば、そこでやるがよい」

「お待ちください。私は土地などいりませんし、この国の実務官僚の長はどうする気ですか！」

「セオラ、理解しているのかしていないのか。お前が積み上げた今までの功績では、どこかの土地を分け与えぬわけにはいかぬし、そして実務官僚の長をこのまま続けることも許されぬ。このまま長を続ければ、まるでお前が私の後継者のようではないか。後継者は別にいる」

判っている。

セオラは判っている。

母上の後継者には成れない事も、いつか何処《どこ》かの土地を分け与えられることも。

だが、セオラは自分の立場を忘れて、もはやフェイロン王都に留まり、実務官僚として働ければそれで充分であった。

それで自分の人生は幸せであった。

しかし、トクトアに言ってもそれは通じない。

許されないのだ。

「征西の準備を整えよ。西の果てまで行くのだ。かつてあったという絹の道《シルクロード》、今は寂れた数百名の旅人や商人だけが行きかう道。その交易路を再度造り上げ、征服し、我が人生の完了とする」

トクトアには夢があった。

この大陸の全てを統《す》べるという、常人には理解も出来ない途方もない夢が。

商人の利益にも、征服した土地の統治にも、果ては娘の懇願にも左右されない。

それは単なる個人の壮大な夢であった。

それに巻き込まれる人間は、たまったものではないだろうが。

セオラは目を閉じ、これからその夢のために、殺されゆく人々に瞑目《めいもく》するように。

小さな、本当に小さな溜《た》め息《いき》を吐《つ》いた。

恋を知った。

春は彼を思えば麗《うら》らかに、夏は肌が熱を帯び、秋は心寂しく、冬は肌身が恋しい。

このヴィレンドルフ女王、イナ＝カタリナ・マリア・ヴィレンドルフにとって、ファウスト・フォン・ポリドロへの恋は季節の意味を知るものであった。

あの男は私が気づかなかった母レッケンベルの愛情を心底まで叩《たた》き込んで。

それを知らなかった貴女《あなた》の愚かさは、また私と同じものであると教えた。

レッケンベルとファウストが、カタリナという空洞で出来た彫像に、愛に煮えたぎった鉛鉄を流し込んでしまったのだ。

私はその瞬間、恋を知ったのだ。

私の心は敵国の英傑騎士、我が母を打ち破った男騎士に傾いた。

傾いてしまったのだ。

「これは悪であろうか、軍務大臣よ。私は心の底から愛する母を、私から奪い殺した男を愛してしまったぞ」

齢《よわい》100を超えているはずの老婆が、静かに返答した。

「悪のはずがありませぬ、カタリナ様。我らがヴィレンドルフ、その建国史上最強の英傑であるクラウディア・フォン・レッケンベルが、その事を責めるとお思いですか？」

「母が私を？　有り得ぬ。母からは、生前それだけの愛情を受け取ってしまった」

そのような事を責めるわけがないのだ。

戦場で正々堂々の一騎討ちの末に倒れた母が、そのようなことで私を恨むなど有り得ぬ。

「ならば、よろしいではありませぬか」

「それはヴィレンドルフの軍務大臣としての返答と受け取って構わぬな？」

「左様でございますな」

私はおそらく、少し安心をした。

つまらぬことであるが、私が『気配り』したのは愛すべき母に対してではない。

レッケンベルを愛した俗人どもは、それを批判する可能性があると、ふと思ってしまったのだ。

もちろん杞憂《きゆう》にすぎない。

望み思うがままにファウストに、まるで和平交渉がための取り引きのような形で愛の告白をしてしまったが。

それは軍務大臣の立場からも肯定されている。

ヴィレンドルフの国風が、私の愛を全面的に肯定しているのだ。

一騎討ちの、戦士としての結末と誇りは全てを肯定するものであるのだから。

娘である私が、母を打ち破った男騎士に対して恋心を抱いたところで、責められる理由はなかった。

「愛は狂熱と聞いたことがありますしな。最近では、戯曲でもそのような言葉がはやっておりまする」

「戯曲か。世間で流行の作家名といえばシェイクスピ――名前が思い出せぬな。喉まで出かかっておるのだが」

何やら、軍務大臣には一言あるらしい。

普段ならば、死ぬほどどうでもよい戯言《ざれごと》として聞き流すのだが。

今日は気分が優れているので、真面目に聞いてやる。

「ポリドロ卿《きょう》への侮辱罪で捕らえている、あの劇作家が紡いだ言葉です。『ファウストとジュリエット』という、我がヴィレンドルフでヒットした戯曲に出てきますな」

劇作家には割と自由にさせてやっているのだが、珍しい例として一人だけ牢屋《ろうや》にぶち込んでいる者がいたはずだな、確か。

「カタリナ様――戯曲の内容はご存じですか？」

「ファウスト・フォン・ポリドロ卿がヴィレンドルフに敵対するポリドロ家ではなく、家も領地も領民も捨ててしまえば、私とて家名を捨てて駆け落ちしましょうとヴィレンドルフの女騎士ジュリエットが一騎討ちの最中に訴える話だったな。ヴィレンドルフの女騎士どもには、そのジュリエットに自分の身を置き換えて、興奮している者も多いとか」

馬鹿馬鹿しい内容である。

あのファウスト・フォン・ポリドロという一人の存在は、母の愛とポリドロ家への執着こそがあって存在している。

彼が家、領地、領民を捨てることは限りなく有り得ぬ話である。

そして、もしそれを見限れば、このカタリナはもはや彼を愛せないであろう。

そこにあるのは、何もかも失った腑《ふぬ》抜けの塊であるからだ。

愛に煮えたぎった鉛鉄を流し込まれる前の、このカタリナと同じである。

両方とも、何の価値もない産物である。

投げ捨てるわけがない。

「だがまあ、内容までは知っていても戯曲を実際に聞いたわけではないな？　軍務大臣は？」

「私めは戯曲を観《み》に行きましたので、全ての内容を諳《そら》んじることが出来ますな」

母レッケンベルからの愛情を理解した、このカタリナであれば少しだけ理解《わか》るところはある。

まあ、夢でも何でもいいから、戯曲にトリップして自分を我が身に置き換えて。

ファウストと恋愛してみたいというのは、私にはわかる。

多少ならば、そういう戯曲を紡いだところで、罪とはならなかっただろうが。

「どの台詞《せりふ》がポリドロ卿への致命的な侮辱に繋《つな》がったか覚えているか？」

「劇中のシーンに、このような言葉がありまして。あまりにも失礼だなあと、劇を見た一部の人間から投書が……」

私を牢屋にぶちこまないでくださいね、と軍務大臣が口走る。

お前がいなかったらヴィレンドルフの軍務が滞るからやらない。

そう少しだけ口の端で笑ってやる。

軍務大臣は、私が感情を見せたのを嬉《うれ》しそうに笑って、戯曲を口にした。

「わたくしにとって敵なのは、あなたの名前だけ。たとえポリドロ家の人でいらっしゃらなくても、あなたはあなたのままよ。ファウスト――どうしたというの？　名前にどんな意味があるというの？　バラという花にどんな名前をつけようとも、その香りに変わりはないはずよ。ファウスト様、あなたの血肉でもなんでもない、その名前の代わりに、このわたくしのすべてをお受け取りになっていただきたいの」

完全にポリドロ卿への侮辱罪である。

そんな戯言を目の前で口にすれば、ファウストは、ファウスト・フォン・ポリドロは怒り狂いて、その女騎士を全力の下に葬るであろう。

「ファウスト・フォン・ポリドロにとって、ポリドロという名前は血肉である。ポリドロ家を捨てることだけは絶対にやらない」

「左様でございますな。まあこの戯曲の結末でも、ポリドロ卿は全ての誘惑を跳ね除《の》けて『私は最後までポリドロ卿である。家を捨てて君を選ぶことはない』と愛するジュリエットを一騎討ちで斬り殺すエンドなのですが」

「まさにヴィレンドルフ的なハッピーエンドだな。ジュリエットもさぞかし殺される瞬間は興奮しただろう」

領地領民のためならば、母の愛した全てを守るためならば、最後まで戦って死ぬであろう男がファウストだ。

名を捨てるくらいなら死に物狂いで抗《あらが》って、ゲッシュでもなんでも誓って戦士をかき集めて、それが絶対に勝てない相手でも立ち向かって死ぬだろう。

そういう男なのだ。

「もう作家は殺したのか？　まあ、結末を考えれば悪くない戯曲だが、やはりポリドロ卿への致命的な侮辱が交じっているのは拙《まず》い」

「殺しておりませぬ。そのシェイクスピ——なんとかという人間の本名が気にかかりまして」

「ふむ」

将来を考えれば、ヴィレンドルフの国夫、次の女王の父親になるべき男を侮辱したのだ。死刑で然るべきと思うのだが。

その劇作家の本名に何の意味が？

「本名がジュリエットだったんです」

「ええ……自分の実名を一騎討ちで殺される女騎士に置き換えて、戯曲を書いたのか？」

「戯曲になっていますが、そもそも本人はそのつもりがなかったと発言しており……」

空気が変わってきたぞ。

なんとなく、この感情をあまり知らないカタリナにも理解は出来てきた。

そのジュリエット、死刑にするには可哀想《かわいそう》な理由があるのだな。

「つまり、その、なんだ」

私は少しだけ戸惑い、違うかもしれないか、質問を続ける。

「私が予想するに、戯曲は個人の夢を認《したた》めた日記が原形だと？」

「そうなります。よくよく牢屋で話を聞いてやれば、ポリドロ卿に魅了された、ヴィレンドルフ女騎士のただの個人的な懸想という部分が強く——その、戯曲という形には世間として出してしまいましたが、本人に言わせれば友人に日記を見咎《みとが》められて、いつの間にか戯曲として世間に公開されていたという本人には罪のない部分が多くて。まあカタリナ様の言う通りをなぞれば、夢を認めた日記のようなもの。その小さな妄想にケチをつけて、死刑だ！　なんて言うのも少し可哀想になりまして」

少し無言になる。

うん、少しだけ、いやかなり可哀想かもしれない。

問題は、戯曲として世に出てしまったことだけだ。

個人的な妄想に対して、ヴィレンドルフの法は不可侵である。

内容とて、結末を考えればそう悪い物ではないし……。

「要するに、軍務大臣がわざわざ私に遠回しに言いたいことは何だ？」

「可哀想だから牢屋から出してやってくれませんか？　私の見たところでは戯曲を書く才能があり、個人的にはこれからも色々と書かせてみたくもありまして……」

「ええ……それもある意味拷問みたいなものだと思うんだが。まあ、お前がしたいというならそれもよかろう」

私は鷹揚《おうよう》に手を振り、軍務大臣に許可を出した。

私は、私の恋愛相談を老婆にしようとしたのだがな。

どうも立場故に政務の差配となってしまう結末が多い。

よくあることだがな、と私は溜《た》め息を吐《つ》いて、意気揚々と牢屋へと自ら出向こうとする、未来の偉大な劇作家となるかもしれないジュリエットを解放する軍務大臣を見送った。

外伝　好意と敬意

私がファウスト・フォン・ポリドロ卿を初めて見たのは、ヴィレンドルフ戦役のことであった。

第一王女親衛隊の一人として、彼と初めて出会ったときは驚愕《きようがく》したものだ。

なんと醜い男なのかと。

胸板はカイトシールドのように厚く、腕などはグレートソードよりも太く、頬肉にまでみちみちと筋肉が詰まっているのか声さえもが太い。

銅鑼《どら》を壊れるほどに強く叩《たた》いたような声をしている。

初めて会釈混じりに彼と握手をした時などは驚愕したものだ。

手の皮などは狂ったような訓練の賜物《たまもの》か、まるで熊の手のように分厚い皮膚が覆っている。

指なども樫《かし》のように固い。

私が全力で力比べをしたところで、負けることが容易に予想出来た。

身体《からだ》の大きさは生まれつきゆえしょうがないし、まあ容貌そのものはまずまずと言えたが。

だが、この人とも思えぬ手の皮の分厚さというのはいかんせん駄目だ。

銅鑼のような声で笑うというのも駄目だ。

いっそ、憐《あわ》れみさえ覚えた。

このような男の手を握って、ともに市街を練り歩きたい女など、そうはおるまいと。

——初めての印象はそのようなもので。

まあ、陰で悪口を言うなど騎士として誠に恥ずかしいので、第一王女親衛隊であるものに彼を馬鹿にするような女は最初から一人としていなかったのだが。

だが、まあポリドロ卿の事に触れると皆が口を濁すのだ。

『あのような』男は悪い意味で、現実に存在するとは思わなんだと。

ああ、これも悪口と言えるのかもしれないな。

ポリドロ卿への侮辱などを私が今聞けば、怒り狂った赤ら顔で殴りかかるところであるのだ。

そのように印象が一変したのは、やはりヴィレンドルフ戦役中のことである。

私は戦場で、生死が定まらぬ状況に置かれた。

ヴィレンドルフ戦役中に斥候を命じられた私が、ヴィレンドルフに察知され、騎士数名に追いかけまわされている時の話だ。

逃走時に負傷をし、出血しながらも馬を駆りて逃げ回っていたが、その馬さえもクロスボウに撃たれて絶命した。

抵抗を考えるが、出血が酷《ひど》すぎて歩けそうにもない。

取り囲まれ、もはやこれまで、なれど騎士として誉あれ！

ヴィレンドルフ騎士を数名道連れにしたとなれば、私が騎士として生きてきた価値もあったというものだと。

絶叫して、せめて我が存在を世に刻まんと斬りこもうとした際に。

全身に、冬毛のようにぼうぼうに体毛が生えている馬が走りこんできたのだ。

化物のように大きな馬だった。

その名も『フリューゲル』というポリドロ卿《きょう》の愛馬にて、『翼』という名の意味そのままに人の頭すらも飛び越えて、私を庇《かば》うように前に降り立った。

乗馬しているのは、もちろんポリドロ卿であり、ヴィレンドルフの連中などは、卿が現れた瞬間に私などを完全に無視していた。

ポリドロ卿の首を獲《と》れ！　ヴィレンドルフ最高の誉ぞ!!

そう目の色を変えて挑みかかるが、あの熊のような手で握りしめたる武器、人の身体ほどもあるグレートソードが、暴風のような轟音《ごうおん》を立てて振り回されると、もうそれで終わりだ。

敵騎士の鎧《よろい》などは爆発したような音を立ててひしゃげ、肉が破裂した音を立てて、人体が宙に跳ね飛ぶのだ。

私が記憶していたのはそこまで、そこからは出血が酷すぎて記憶が途切れ途切れなのだが。

あの熊のような分厚い手で私の頬を撫《な》で、銅鑼のような音量で私の意識を確かめる男の声。

血まみれの私がどこで出血しているかを確認し、自分の服を破り捨ててまで私の傷口を縛ったこと。

私の身体を背負うチェインメイル越しの筋骨隆々の背中。

ポリドロ卿が私の命を救ってくれたこと。

それだけは覚えているのだ。

私はもう、それから駄目になってしまった。

失血死が近づく冷たい意識の中で、彼の背から伝わる肉体の熱を覚えてしまった。

この先どのような男と出会っても、これ以上の男とは出会えず、きっと満足することは出来ないだろうと理解してしまったのだ。

どんなに馬鹿にされてもいいから、彼と手を繋《つな》いで市街を練り歩きたいと思ってしまった。

どこまでも武骨で、アンハルトでは醜いとされる男騎士に惚《ほ》れこんでしまったのだ。

母に頼もう。

どんな手を使っても、母を動かすのだ。

ヴィレンドルフとの戦が終わり次第、この男と縁組を結んでもらえるよう、母に頼み込むのだ。

一人娘の命を救ってくれたのだ、絶対に許してくれるはずである。

あの武門の家から見れば文句のつけようがない男を見れば、母とて納得してくれるだろう。

ポリドロ卿との間に作った娘こそが、我が家の後継者に相応《ふさわ》しいのだ。

納得してくれるはずだ。

治療された包帯まみれの身体を本陣に横たえながら、私はそれだけを誓っていた。

※

そうだ、残念ながら貴卿の振る舞いを一度咎《とが》めなければならぬ。

もちろん、貴卿に悪意があったわけではないとわかっている。

誤解もしていない。

そう睨《にら》まず、落ち着いて聞いてほしいのだ。

貴卿が平素から一人娘の命を救ってくれたファウスト・フォン・ポリドロ卿への好意と敬意を口にしていたことは知っているし、だからこそ娘との縁組をと望んだのであろう。

娘の方も、たいそう乗り気であったそうな。

というより、彼以外とは一緒のベッドで寝たくもないと口にしているそうな。

悪いことではない。

物を知る武門の家であるならば、ヴィレンドルフ戦役でレッケンベル卿を討ち取った彼に敬意を払い、またその血と縁を求めても当然のことである。

だから、まずは手紙からと。

ポリドロ卿に明確な好意を示した文を綴《つづ》りて、ささやかな贈り物とともに、貴卿は従士を向かわせた。

まずはささやかな祝宴への招待というやつで、目くじらを立てるものではない。

それを途中で引き留め、手紙を握りつぶしたのは私である。

辺境伯である私だ。

そう歯をむき出しにして怒るな、事情は説明する。

従者には怪我《けが》一つさせておらぬし、贈り物もこちらにあるので、そのまま返そう。

だが、その前にだ。

おかしいと思わなかったのかね？

貴卿のそれは良いアイデアであるが、誰一人として同じことを未《いま》だしていないと思ったのかね？

そんなことはないだろうに。

冷静に考えてもみたまえ、いくらポリドロ卿が筋骨隆々の醜《ぶ》男《おとこ》と世間で蔑まれたところで、貴卿が抱いた好意と敬意を他の皆が抱かないと思ったのかね？

そんなことはないだろう？

これは私だけではなく、ポリドロ卿にヴィレンドルフ戦役で借りのある荘園《しょうえん》領主一同の総意であると思っていただきたい。

我らなどは一人娘の命どころか、領地を救われたのだ。

あの男の魅力は顔なのではなく中身にあるのだと。

私たちは彼をとても高く評価している。

少なくとも、この辺境伯が娘との縁組を考えたぐらいには。

冷静になったか？

茶はいかが？

砂糖菓子はどうかね？

いらぬか、なればよろしい。レクチャーの時間だ。

三つの事実と、貴卿が目的を達成するにはどうすべきか一つの方策を教えよう。

①ポリドロ卿と縁と血を繋げたい貴族など珍しくもない

②同じことをした誰もが失敗している

③ポリドロ卿はその事実を知らない

④我々は今後どうするべきか

この四点だ。

まず①は貴卿も冷静になれば理解出来るだろう。

なにせ、ヴィレンドルフ戦役で大戦功を挙げたものだ。

ましてあの蛮族の大英傑レッケンベル卿を討ち取ったならば、武門からの評判が悪いわけがないだろう。

なるほど、見てくれは明らかに悪い。

ポリドロ家の評判も悪く、気狂いマリアンヌの息子であることは誰もが知っている。

男だてらに戦場に一人出てきて、女の中で気炎を吐いて暴れまわる騎士だ。

醜男、評判の悪い家系、粗雑乱暴で奥ゆかしさの欠片《かけら》もない男だ。

胸板はカイトシールドのように厚く、腕などはグレートソードよりも太く、頬肉にまでみちみちと筋肉が詰まっているのか声さえもが太い。

銅鑼を力いっぱい叩いたような声で喋《しゃべ》る男など、世界で彼一人しかいないであろう。

これでは縁組一つ来ないと言われても、おかしくはないだろう。

事実、そうポリドロ卿が自嘲して笑っている姿を私は見たことがあるしな。

だが、それがどうしたというのかね。

彼は一人息子で、小さい辺境地なれど立派な荘園領主の一人であるのだぞ。

財産もあるし領地もあれば、彼を慕っている領民もいる。

田舎でも良いから嫁に行き、旦那の見てくれには目を少し瞑《つぶ》ってもよいと。

ポリドロ卿の代わりに当主もしくは城代となり、荘園領主として立派な独り立ちをしたいと。

そう考える女など、一代騎士の類《たぐい》を探せば腐るほどいるだろうに。

本来ならば、リーゼンロッテ女王陛下が――これは陛下には決して言わないでほしいのだがね。

女王陛下が何処《どこ》かから良縁を見つけて、世話をしてやって、縁組をした両家から感謝されて終わりぐらいの話だろうに。

それこそポリドロ卿が家督相続のため、初めて王都に来た際に、女王陛下が気を利かせれば終わりだった。

何故《なぜ》か『気を利かせなかった』ようだが。

繰り返そうか。

本来ならば、ポリドロ卿に浮いた話の一つもないのはおかしいのだ。

ポリドロ卿と縁と血を繋げたい貴族など珍しくもないのだから。

これが一つ目だ。

どうした、顔が青いぞ。

気づいたようだが、レクチャーは続くぞ。
②だ。
ポリドロ卿と縁続きになりたい者は多いが、同じことをした誰もが失敗している。

これ以上は話さなくても理解出来るか。

まずリーゼンロッテ女王陛下が、ポリドロ卿の縁組を用意することに消極的な反対だ。

あくまで消極的だぞ？

この辺境伯がやったように、わざわざ彼に来る縁談話を握りつぶしているわけではない。

いくら筋骨隆々であるポリドロ卿が、女王陛下の性的嗜好《しこう》に沿っているからといって、
そこのところに自制が利かぬ御方《おかた》ではない。

一瞬、リーゼンロッテ女王陛下がお怒りと勘違いしたな？

そのように器量の小さな御方ではないよ。

違うなら、よいではないか？

話はここからだよ。

若さゆえに器量――というより融通の利かぬ二人がいる。

ヴィレンドルフ戦役を共にした、アナスタシア殿下とアスターテ公爵が縁組を握りつぶしている。

この辺境伯が貴卿にやったように、ポリドロ卿への手紙は全て『検閲』されている。

例えば、ヴィレンドルフ戦役で自分の辺境領地が救われたことへの感謝の礼状や、ささやかな贈り物程度ならばちゃんと届くのだ。

ポリドロ卿はあの銅鑼《どら》を力いっぱい叩《たた》いたような声で、ご機嫌で受け取ってくれたであろう。

だが、直接会って礼を言いたいだの、娘と会ってみないか、ささやかながら祝宴に来ないかなどの話をしようものなら握りつぶされる。

ポリドロ卿《きょう》が王家に用意された屋敷まで、手紙も従士も届かない。

それどころか、アスターテ公爵から呼び出され問い詰められる。

公爵の私が唾をつけている男に手を出すつもりかと。

ふざけているだろう？

ふざけた話だし、これがいつもの公爵の我《わ》が儘《まま》というならば、この辺境伯とて相応の態度を決めよう。

よりにもよって、この辺境伯が用意した娘との縁談話を彼女が握りつぶしたのだから。

おのれのせいで、ポリドロ卿は今でも貴族社会で嫌われていると勘違いしたままだぞと、最初は本気で怒鳴りつけようと思ったぐらいだが。

その、なんだ。

どうやら公爵だけでなく、アナスタシア殿下もポリドロ卿に懸想しているというのだ。

ようするに将来のアンハルトを継ぐべきトップの二人が、彼を囲い込んでいるのだ。

彼は私たち二人の物だから手を出すなと。

だから、その、なんだ。

公爵だけなら暗闘もしようが、さすがに殿下まで怒らせる気にはなれなかった。

リーゼンロッテ女王陛下も、強いて二人を咎めてくれるなどはしてくれんだろう。

うん、なんだ。

情けないと思われるかもしれないが、世の中には力関係というものがあるのだ。

仕方のないことなのだ。

その③だ。
③ポリドロ卿はその事実を知らない。
さて、残念ながら今述べた理由により、自分が意外とモテるなどという事実を全く知らぬ。

全ての縁組が、アナスタシア殿下とアスターテ公爵の手で止められているのだ。

自分のような醜男はさっぱりモテぬと笑っている。

正直、私は彼の境遇を憐《あわ》れに思うか、それとも喜ばしいと思うか迷っているよ。

なるほど、王家に狙われて、縁組の全てを邪魔されている現状は可哀想《かわいそう》だ。

だが、一生このままというわけでもないだろうし、相手が国のトップ二人とあればそう悪くはないのではないかな。

なんだかんだ、あの二人は明確な好意を持ってポリドロ卿と接しているのだ。

粗略な扱いはされまいよ。

さすがに領民300名の小領主の立場とあっては、王配とまではいくまいが。

事実上、次代アンハルト王と、次代公爵家の父親ということになるだろうな。

ポリドロ家の穢《けが》れてしまった名誉、彼を立派に育てた「気狂いマリアンヌ」の汚名を雪《そそ》ぐという意味では良い縁故ではないかと思う。

決して悪い話ではないだろうから、そこに苦情を言うわけにはいかなかった。

ただ。

まあなんだ、ポリドロ卿が自分を低く見積もる性格であるのは少しばかり知っているが。

救国の英傑と言って何ら差し支えがないのだから、もう少し自分がモテることに気づいてもよいだろうに。

……愚痴を吐いた。

せめて、ポリドロ卿から辺境伯である私に文の一つでも寄越《よこ》してくれれば、他に動きようもあっただろうになあと思うが。

詮無し、有り得ぬことを期待しても仕方あるまい。

まあ、これが貴卿の理解しておくべき①～③の事実だ。

理解されたか？

されたならばよろしい。

そこでだ、ここまで聞いたところでどうする？

素直に縁組を諦めることにするか？

ポリドロ卿を祝宴に招くことを止めるか？

ああ、そうだな。

そんなわけがない。

貴卿とて、我々とて、伊達《だて》でポリドロ卿に自分の娘をやろうとしたわけではない。

ただただ我らに都合が良いから利用してやろうという感情で、ポリドロ卿に接触しようとしたわけではないのだ。

彼への好意と敬意を持っている。

ヴィレンドルフとの国境線近くにある荘園領主一同は、ヴィレンドルフ戦役で借りがある。

領地があのレッケンベルに侵略されようとしたところで、彼に助けられたのだ。

我らの領地はヴィレンドルフ国境線近く。ポリドロ卿がおらねば、今頃はヴィレンドルフに滅ぼされていたであろう。

もちろんポリドロ卿も王家に命じられた軍役だからこそ闘ったのであって、参戦義務を果たしただけだ。

理論的には感謝する筋ではないかもしれない。

ポリドロ卿とて、我らへ恩を着せたつもりもないだろう。

理屈では、表向きには、軍を派遣してくれた王家に感謝をして、我らも御恩と奉公を済ませれば終わりであるはずだ。

だがな、相手が気にしていないからといって、それで自覚している恩だの借りだのを忘れるようでは、我らは畜生にも劣るであろう。

御恩と奉公の双務的契約は、何も主君と騎士の間ばかりにあるのではない。

ポリドロ卿も我らと同じアンハルト貴族であり、その朋輩《ほうばい》の戦功が我らを救ってくれたのだ。

感謝しなければならないし、何らかの礼をしなければならぬ。


ゆえに、貴卿の振る舞いを咎《とが》めた。

アスターテ公爵に咎められ、脅されて諦める前にな。

そうだ、私たちは仲間を探していたのだ。

アナスタシア殿下とアスターテ公爵に、我らの意見を通すための仲間だ。

つまりだ、この辺境伯は貴卿を誘っているのだ。

手紙を握りつぶされ、縁組を拒まれ、祝宴の誘いを邪魔されても。

それでもなお諦めなかった連中の集まりに入らないかね。

ともかく、数が必要なのだよ。

アナスタシア殿下とアスターテ公爵に要求を通すためにはな。

そうだ。

血の分配の要求だ。

ポリドロ卿に、もっと多くの嫁を娶《めと》らせろと要求するのだ。

もちろん、我々の娘をだ。

この男が1に対し、女が9生まれる世界において、王族がポリドロ卿を独占するというのはどうかと思わんかね。

仮に2を娶るとして、あと7は娶らねば道理に合わぬではないか。

私は、この辺境伯は、どうしても孫にポリドロ卿の血筋が欲しいという欲望がある。

それは超人の稀血《まれち》が欲しいとか、王族の異母姉妹としての立場が欲しいとかが――

無いと言えば嘘《うそ》になるが、そうではない。

私はポリドロ卿に好意と敬意を持って、我が一族にポリドロ卿の血統を迎え入れたいのだ。

我が領地の将来における後継者を、あの男の血族にしたいのだ。

この気持ちは嘘ではない。

それぐらいせねば、その程度はしなければ。

我が領地を守ってくれた彼に対しての好意や敬意を示せぬものと考えているのだ。

この辺境伯や、荘園《しょうえん》領主一同が示せる最大限の敬意が、ポリドロ卿との縁組そのものなのだ。

……もちろん、我らの要求が殿下と公爵に通ったところで、ポリドロ卿が嫌だと言えば終わりだがね。

引き際はわきまえているつもりだ。

子作りが男の義務とはいえ、あまりにも沢山の女に囲まれると普通の男は嫌だろうしな。

ポリドロ卿に悪意を持って、娘との交際を迫るのは本意ではない。

さて、どうかね。

こうして誘いをかけるのは一度だけだぞ？

全ての謀《はかりごと》を進め終える前に、アスターテ公爵に潰されるのは御免だからな。

だが、なんだ。

あの男の血を引く孫を、この手で抱いてみたいという誘惑に。

彼への明確な好意と敬意を持っている貴卿が、勝てるとは思えんのだがね。

結論から言うと、私のゲッシュは失敗した。

侮るべきではなかったのだ。

リーゼンロッテ女王陛下ほど果断な人間を侮ったことが、最大の敗因である。

ゲッシュには、司祭と騎士の神聖なる誓いを邪魔してはならぬという取り決めがある。

あるが、そのような取り決めなどは、決断した陛下の眼前では何の意味もない戯言《たわごと》にすぎぬ。

「女王親衛隊！　どけ!!」

ゲッシュを誓おうとする司祭と、このファウストの眼前に。

リーゼンロッテ女王陛下が、玉座から立ち上がって走り出し、猛烈な勢いで襲い掛かってきたのだ。

「陛下！　どうか、私にゲッシュを遂げさせてください!!」

「断る！」

この時、私は女王陛下を確かに侮っていたし、また判断も誤った。

ゲッシュの誓約は私一人で臨むに能《あた》わず。

司祭なくしては不可能なのだから、ケルン司祭を押さえてしまえば、そこまでであったにも拘《かか》わらず。

私は司祭を庇《かば》おうとせずに、まず身構えてしまった。

「ここまでだ！」

女王陛下自らがケルン司祭を取り押さえ、地面に押し倒している。

私がここでリーゼンロッテ女王陛下に暴力を振るい、抗《あらが》えるわけもない。

もはや儀式を続行することは不可能になってしまった。

ドルイドなしでは儀式を行えない。

諦念が脳裏をよぎるが、諦めきれず言葉を発する。

「陛下、司祭と騎士の神聖な儀式の邪魔を……」

「ファウストが命を懸けてまで、全てやりきる覚悟であった。少なくともお前の中では、遊牧騎馬民族の侵攻が確信出来ていること。それもようわかった!!」

だが、全く私の意志が通じなかったわけでもないらしい。

リーゼンロッテ陛下は司祭の身柄を親衛隊に引き渡して、ぐるりと辺りを見回した。

「わかったが、命を賭すのはあまりにも勿体《もったい》ないだろう。ここにいる全員に聞こう。貴卿《きけい》らは、ファウスト・フォン・ポリドロの死を良しとするか？」

静かな問いかけであった。

辺境伯が代表するように答えた。

「あり得ませぬ。ポリドロ卿が成したヴィレンドルフ戦役での戦功。また、ヴィレンドルフとの和平交渉を果たした立役者ですぞ。それを失うなど、あまりにも勿体ないと考えます。アンハルト王国にとっては、不敬ながらリーゼンロッテ女王陛下の喪失にも匹敵する損失でしょう」

本当に、私の死など望んでいないと心から訴えているように感じた。

そこまで言ってくれた辺境伯には感謝するが――そうは言われても、私にはもはや手立てが残されていない。

私には皆に覚悟してもらう代わりとして、差し出せるものが何もない。

信じてもらうためには、命でも賭けるしか他にないではないか。

膝から崩れ落ち、うなだれる。

膝上に両手の握り拳がおかれ、私は涙を一粒流した。

「私はただ、信じてほしいだけなのです。今のままでは敗北してしまいます」

「……」

女王陛下は、少しだけ天井を見つめて。

考えに考えた後に、口を開いた。

「よろしい、信じようではないか」

信じられない言葉であった。

あれだけ頑《かたく》なであった陛下が、あっさりと頷《うなず》いたのだ。

「……皆の者、とくと聞け。遊牧騎馬民族国家とやらが来るか来ないか、それは確信出来ぬ。だが、そもそも北方の遊牧民に対し一丸となって戦いに出向くのは、もとより私の本意である。そのために、ファウストの言う通り命令の上意下達を徹底させた軍権の統一自体は悪くない発想である。軍制改革というやつだな」

そうだ。

そうなること自体は、別にリーゼンロッテ陛下にとって損ではないのだ。

辺境伯が、少し困ったように口を開いた。

「出来たなら素晴らしいことでしょうな。ですが、我らはそれに従いたくありません。ポリドロ卿の言葉でありますが、我ら荘園領主は領地の保護契約、双務的契約によって王家に従う者であります。王家の差配とはいえ、従えることと従えないことがあります」

王権など絶対的ではないし、私たちが犬のようにそれになんでも従うわけでもない。

確かに、その通りだ。

そもそも、今回この場で演説をしたのは、リーゼンロッテ陛下だけでなく荘園領主の皆を説得するためでもあって。

陛下がいかに理解してくれても、解決するという話ではない。

「わかっている。安心しろ、貴卿らだけに負担をかけるつもりはないし、そもそも遊牧民対策に限っての提案だ。少し話をさせろ」

陛下は、不安そうに見守る満座の席を見渡して。

楽しそうに、思惑を口にした。

「あれだ。このリーゼンロッテ選帝侯が、アンハルト王国が、もしものときのために蓄財に励んでいることは誰もが知っていよう。神聖帝国で最も強き国家を尋ねればヴィレンドルフと誰もが答えるが、同じように最も吝嗇《りんしょく》かつ潤っている金満国家を尋ねれば、誰もがアンハルトと答えよう」

両の手を大きく広げて、何かを仰ぎ見るように陛下が喋《しゃべ》りだした。

場の空気は、陛下が握りつつある。

「金を持っているのはいいことだ。だが、金とは生き物であり、流動してこそ価値をもたらす。いつまでも蓄財していてもつまらぬ——というのが、このリーゼンロッテの本音である。いい機会である。今回使おう」

パチン、と陛下が指を鳴らした。

「王家が蓄えていた財貨を、アンハルト国内に大盤振る舞いしてやろうではないか」

私には何が起きているのか、ようわからぬ。

慌てて周囲を見回すが、四人ほどが理解したような表情をしている。

アナスタシア殿下とアスターテ公爵、それに侯爵や辺境伯は意を得たようであった。

「ということは？」

「暫定的に、ポリドロ卿が言うように軍権を王家に預けてもらう。だがな、タダでここにいる皆の兵権を私に委ね、預けろだなんて言ったところで、誰も承知せぬのも事実だ。契約外であるからな。自分の財産たる領民を王家の手に委ね、その手に運命を任せろとただ言われただけでは絶対に従うまい？　どうかね辺境伯」

「そうですね。ただ、事情によっては従ってもよい」

「具体的には？」

辺境伯は、判《わか》り切っているでしょうという風情で口にした。

「金です。雇用という呼び方は妙でしょうが。結局のところ、主君と騎士という双務的契約ではなく、また別の契約。軍役に対する特別な報酬を支払ってくださると言うならば、話は全くの別です。費《つい》えを賄ってくださると言うならば、言われるまでもなく、兵の指揮権や運用が王家に委ねられるのも理解しましょう。ポリドロ卿の望むように、命令の上意下達をきっちりやりましょうとも」

横にいる侯爵も同じように頷いた。

多くの荘園領主はお互いに顔を見合わせているが、やがてざわざわと話し出した。

「なれば、王家が全て費えを賄おう」

ぱん、と陛下が手を叩《たた》いた。

「遊牧民に対する軍役に対しては、荘園領主の手弁当にはさせぬ。軍役負担という形だけではなく、全ての費えを王家が支払おう。むろん、軍制改革に必要な諸費用も負担しよう」

北方の遊牧民族相手に軍役を課されている荘園領主たちが、お互いの顔を一瞬だけ見て、頷いた。

彼女たちは明らかに歓迎の様子で、陛下の御尊顔を見ている。

「まあ、なんだ。かなり乱暴な言い方になってしまうが、まとめると一つだけだ」

このファウストが暴れまわっていたことなど忘れてしまったようにして。

リーゼンロッテ女王陛下が、この場を支配している。

「金は出してやるから、その分は王家に従え」

アンハルト王家が持つ財力という形で、場は決することとなった。

私はただ、膝上に手を置いたまま、女王陛下を仰ぎ見ている。

陛下は、私を少しだけ愛《いと》おしそうに見た後に。

「さて、ポリドロ卿。これで貴卿の望みは叶った。これでよいな」

「はい」

なんというか、無茶苦茶乱暴な方法ではあるが。

陛下は、アンハルト王家が蓄財してきた財貨にて強引に話をまとめてしまった。

「……結局のところ、私は愚かな道化になってしまった気がしておりますが」

「そうでもないな。少なくとも、お前がゲッシュを誓ってまで証明しようとしたことが、このリーゼンロッテの心を動かしたのは事実だ。だがな、ポリドロ卿。ここまでやらかしたのだ」

陛下が親衛隊に命じて、ケルン司祭を解放させる。

お怪我《けが》はないようなので、安心した。

陛下は、そんな私を見て少しだけ苦笑いをした後に言った。

「ゲッシュを誓えとは言わぬ。お前の命を賭けろとは言わぬ。代わりに、なんだ。このリーゼンロッテにここまでさせたのだ。遊牧騎馬民族国家が来なかった場合、お前は傍迷《はためい》惑《わく》な騒ぎを起こしたということになる。その時は、少しばかりの処罰を覚悟してもらうぞ」

※

あれから七年が経《た》った。

リーゼンロッテ女王陛下の軍制改革は成功し、私のゲッシュ未遂事件から一年後には北方の遊牧民を見事に滅ぼしてみせた。

その時は陛下自らが陣頭指揮にあたり、見事な采配を見せている。

もちろん、アナスタシア殿下やアスターテ公爵も戦場で働きを見せたが、やはり凄《すご》いのは陛下であろう。

陛下の内政手腕と、これまでの蓄財があってこそ、軍制改革は見事成功したのだ。

結局のところ、このファウストの出番などは最初からなかったのだ。

――いや、こういった卑下はよくないな。

あれから辺境伯や侯爵といった人物とも戦場を通す中で親しくなり、あのポリドロ卿の決断はよかったのだと。

唯一、ゲッシュなんて禁忌の儀式を行おうとしたことだけは許されないが。

もっと命は大事にしたまえと。

そう、警告交じりの慰めを受けた。

ああ、そうだな。

「ふと疑問に思うが、あのゲッシュは成立していればどうなったのだろうか」

王宮の庭で、ポツリと呟《つぶや》く。

契約に従わなかったとして、私は死んでしまったのだろうか？

なにせ遊牧騎馬民族国家は、結局アンハルトまで西征してこなかった。

いや、来るには来たのだ。

それも七年と持たず、せいぜい二年ばかりで。

ヴィレンドルフの東にある大公国などは、何の障害にもならぬと完全に滅ぼされてしまった。

すでに私が予言じみた真似《まね》をしていたからこそ、軍制改革が進んでいたからこそアンハルト国内は混乱しなかったし、準備万端のヴィレンドルフと一緒に仮想モンゴルを迎え撃つ準備は進めていたが。

足りなかった。

アンハルトとヴィレンドルフ、その両国だけでは兵数がどうしても足りないのだ。

どういうわけだが、警戒を訴えていたはずの神聖帝国からの音沙汰がない。

私などは、すっかり帝国から援軍が来てくれるものと期待していたのに。

リーゼンロッテ女王陛下の御言葉《おことば》によれば、どうも帝国内部から調略が進んでおり、我ら両国は切り捨てられたようだなと。

あっけらかんと言っていらした。

そんなあっさりと！　と私は思わず叫んだが、女王陛下はもともと神聖帝国には何も期待していないと仰《おつしや》った。

すっかり助けが来ると思い込んでいた私とは、帝国に対する感覚が違うのだ。

どうせ何もしてくれないと見限っていた女王陛下が正しい。

何も知らぬくせに助けてくれると思い込んだ、私の方が無邪気で愚かだったのだ。

こんなことなら、もっと帝国に出向くなどの方法を――と頭を抱えるが、今更どうしようもない。

死ぬ覚悟を済ませよう。

やるだけやったのだ、私は自分の領地を、ポリドロ領を守るためならなんでもしよう。

戦場にて最後まで暴れまわってやるのだ。

私は心の準備を済ませた。

その準備は全て無駄となったが。

「まさか、東の大公国を滅ぼした途端、トクトア・カアンの命数が尽きてしまうとは」

原因は、献上された南国の果実に喉を詰まらせたことだと聞く。

バナナかパパイヤか、意外なところでドリアンか、それは私の知るところではないが。

とにかく、本当かどうかは知らないが、いきなり突然死した。

いや、このインチキ中世ファンタジー世界が、多少でも史実に沿うというならば。

そういうことがあっても不思議ではないのだ。

史実では東ヨーロッパへの侵攻は、オゴタイ＝ハンの死により途中で中止されてしまっている。

モンゴルが弱かったわけでもなく（むしろ強すぎた）、戦争に負けたわけでもなく、単に内政問題で国に帰ったのだ。

だから、なんだ。

私が必死になって叫んでいたことは『言っていたことも警戒していたことも何一つ間違っていなかったが、まあ結論としては遊牧騎馬民族なんてアンハルトに来なかったよね』というオチになってしまった。

なんだよ、果実に喉を詰まらせて死んだって面白結末は。

いや、そのおかげで助かったわけではあるんだけど。

あのまま真面目にぶつかり合って戦った場合、まず我々は敗北していたであろうから。

「……やはり、ゲッシュを誓っていれば死んでいたんだろうな」

この世界のゲッシュが禁忌とされたには、そこそこ理不尽であるという理由もあるだろう。

ゲッシュとは思った以上に融通が利かず、そもそもが私の見込み外れとあっては、不成立ではなく契約不履行として神の怒りがこの身に落ちたかもしれない。

こういう結末になった以上は、まあ誓わなくてよかったのだろう。

そう言うしかない。

ゆえに、リーゼンロッテ女王陛下には感謝しなければならぬ。

そして、罰も受けねばならぬ。

「遊牧騎馬民族国家が来なかった場合、お前は傍迷惑な騒ぎを起こしたということになる。その時は、少しばかりの処罰を覚悟してもらうぞ」

そういう約束であった。

もちろん、私はリーゼンロッテ女王陛下からの処罰を甘んじて受けるつもりであった。

最悪、領地を自分の子につなげることさえ許してくれれば死刑でさえも。

だが。

まあ、なんというかだ。

陛下や侯爵や辺境伯が言うには、私が死を甘んじて受けたところでアンハルトという国家が損をするだけではないかと。

まして、状況を鑑みれば予想の総《すべ》てが外れたわけでもないし、ここでポリドロ卿《きょう》を罪人のように罰するにはあまりにも容赦がなさすぎると擁護してくれた。

だから、別の形の罰を受けろということで。

「現在、こうなっているというわけだ」

王宮にて一人呟いている私の横で、子供が私のズボンを握っている。

この世界では数少ない男の子だった。

私とリーゼンロッテ女王陛下の子供である。

「うーん？」

首を傾《かし》げる。

はて、これが罰と言えるのだろうかと言えば、私にとっては疑問である。

「陛下は貴卿の誠意が見たいとおっしゃった。ヴィレンドルフ女王カタリナは、お前との子供を作ることを和平交渉の必須事項とした。何故《なぜ》かわかるか？　ファウスト・フォン・ポリドロの超人としての稀血《まれち》に価値があるからだ。おそらく男であるお前にとっては屈辱であっただろう」

侯爵などは何か勘違いをしているらしく、少し同情した視線で、陛下の寝屋に入る前の私に慰めの言葉を送った。

いや、別に、そういうわけでも。

普通にカタリナ女王の事は恋愛的に好きだし、この世界の男と違って、別にどんな女と寝ようが恥ずかしいとは思わない。

私があくまで貞操を大事にしているのは、そこらの女と遊んでしまえば、ただでさえモテない私が余計にモテなくなり、ポリドロ領に嫁が来てくれぬからであって。

貞操観念はこの奇妙で歪《いびつ》な世界に来る前から何ひとつ変わっていないのだが。

「ポリドロ卿。遊牧騎馬民族が征西してくる発言自体が何もかも間違いであったとは言わぬ。だが、準備は無駄になってしまった。貴卿の命は奪わぬ。なれど、誠意ばかりは支払ってもらおう。誠意だ。ポリドロ領に咎《とが》を受けず、男のお前が個人的に支払える誠意だ。わかるな」

陛下に私室に招かれ、二人きりであった際に耳元で囁《ささや》かれたのは、こういう話であった。

ようするにリーゼンロッテ女王陛下が欲した誠意とは、私の身体《からだ》である。

その結実として、ぐいぐいと私のズボンを引っ張る、四歳ぐらいの男の子が私の傍《そば》にいる。

構ってほしいらしいので、頭をぐりぐりと撫《な》でまわしてやる。

無口な我が息子は目を細めた。

何も悪い話ではないのだ。

これ自体は。

まあ、私の正妻としてポリドロ領に来てくれたヴァリエール殿下は「嘘《うそ》でしょ。あの母親、娘の夫に手をだしやがった。しかも子供まで産むって……」と心の底からドン引きした声で貶《けな》していたが。

まあ、落ち度があるのは私の方であるし、ポリドロ領に何らかの咎が来るのは嫌だったので苦情は避けたようである。

問題はそこからであったろうか。

迷惑をかけられた分の誠意をということで、私はある程度の階級を超えた淑女の寝室に侍《はべ》ることが多くなった。

アンハルト王国の、私なんぞを擁護してくれる方々に誠意を支払ってくれということらしい。

あれだ、アスターテ公爵であり、アナスタシア殿下であり、侯爵の孫娘。

また、ひどく良くしてくれた辺境伯の娘であったりもした。

他にも大勢いる。

なんというか、なんだ。

私は別にそれ自体を嫌だとは思っていない。

女性の寝室に侍ることが嫌ではないのだ。

私は前世の性的価値観を持ち合わせており、その事を苦痛だとは全く思っていない。

いや、本音を言えば楽しくすらある。

何度か、そう口にしようとはしたのだが。

表向きにはこれは誠意という名の、ポリドロ卿の男性に対する処罰であるわけで。

それ以上に、なんというか前世から見れば、私と寝室を共にする彼女たちが何を期待しているのか理解出来てしまったわけで。

その、なんだ。

とても背徳的な、社会性から見れば悪いことをしているというリーゼンロッテ女王陛下であり、アスターテ公爵であり、アナスタシア殿下であり。

侯爵の孫娘であり、辺境伯の一人娘であり。

私なんぞを社会的に擁護してくれる方々の娘である。

そういった方々が「ひどく背徳的に悪いことをしている自覚があり、いたく興奮している」という状況を楽しんでいる中で『別に私は嫌じゃないよ』とは口に出来ずにここまで来たのだ。

これには少し困ってしまっている。

ようするに、私は前世の価値観から言えば、一生懸命に愛国心がゆえ頑張ろうとしたのに、運悪く思惑が外れてしまった上で国家に自由を蝕《むしば》まれ、それどころか性的な処理を望まれている立場に置かれている男騎士だという。

アンハルト王宮にて、領地にも頻繁に戻ることも出来ずに王族や上級の貴族に囲われているという、どうも変な立場に置かれてしまった。

ここで、彼女たちの妙ちくりんな願望を否定してしまうのは、少し可哀想《かわいそう》ではないかという。

妙な同情心が芽生えてしまったのだ。

私は母親に見つかったエロ本をそっと机の上に置かれている、前世の中学生の頃を少し思い出したのである。

人の性癖はひそかに、大事にしてあげたいと思うのだ。

だから、別に私は貴女《あなた》とならば嫌ではないと囁くのは、それぞれの女性とベッドの中でにしておいたのだ。

女性側は凄く喜んでいたが。

その結実として、王宮の中では私との間に出来た沢山の子供たちによる声などが聞こえる。

リーゼンロッテ女王陛下が特別な差配として、様々な貴族との間に出来た私の子供は、私と一緒に生活出来るようにしてくれたのだ。

私も年に数回はちゃんとポリドロ領に帰っている。

領地をずっと守れないのは寂しいが、領地はヴァリエール様が上手《うま》く差配してくれているから心配は無用だ。

だから、なんというかだ。

「うん、私はまあこれも幸福な結末と受け止めるべきなんだろうな」

どうにも、自分は女性陣に対してとても悪いことをしているといった、何か騙《だま》しているのではという感覚が抜けないのだが。

おとーさんを見つけたと、アナスタシア殿下との間に出来た娘が叫ぶ中で。

私は罪悪感を忘れて、子供とのささいな遊びの相手に励むことにしたのだ。

ああ、そうだ。

これはこれで、私にとっては間違いなくハッピーエンドなのだ。

少し、私に対して妙な願望を持っている女性陣には心苦しいがね。

そう心の中で呟《つぶや》き捨てて、私を見つけた娘の頭を力一杯に撫でた。

あとがき

まずは2巻に引き続き、3巻も購読いただいた読者様におかれましては、重ね重ね御礼を申し上げます。

さらに分厚い4巻発売の壁がどうなるかわかりませんが、読者諸兄がこうして買ってくださったので続くかもしれません。

Web版をお読みになっていて買い支えてくださっている方も、書籍版のみ購入していただいている方も、どちらも有り難うございます。心からの感謝を。

それでは3巻の内容について。

Web版3章からの加筆修正にあたり、読者様の不満点が特に目立ったところを可能な限り直したつもりです。

本文に不備のある点は「めろん22」先生のイラストで、読者様の満足いく仕上がりになっているだろうと考えております。

今回の加筆修正にあたり、心強く相談に乗ってくださった編集担当様には頭が上がらぬ思いです。相談といえば、外伝の方はやたら没原稿を出して申し訳ありませんでした。(短編を書くのが致命的に苦手なのです)

編集様の苦労があって外伝3作をなんとか書き下ろせました。この場を借りて御礼を申し上げます。

もし4巻が出るならば、今回と同様にWeb版の不満点や描写不足分、不評だった点を改善する形で世に出すつもりです。（4章は不満点が多く、直さなければならない点が本当に多い）

続巻が発売されましたら買っていただけると嬉《うれ》しいです。冊子からの新規読者様も、Web版から入って御購読いただいた読者様も、必ずや満足させてみせます。後生でありま す。

さて、他に言うべきこととして。

オーバーラップ発のWebコミック誌「コミックガルド」にてコミカライズが開始しました。

漫画家は「柳瀬こたつ」先生になります。

2巻あとがきでも書きましたが、本当に上手な漫画家さんが担当してくれることになったことを感謝しております。

正直予想していた内容を超えた出来でして、各キャラクターの個性・持ち味が見事に表現されており、特にヴァリエール殿下の可愛《かわい》さは非常に強調されております。

是非とも一度公式サイトでご覧になっていただき、コミックス発売の暁にはお買い上げいただければと思います。

それでは、4巻でお会いできることを祈って。

貞操逆転世界の童貞辺境領主騎士 3

発　行　2023年8月25日　初版第一刷発行
2024年4月　5日　　　第二刷発行

著　者　道造

発行者　永田勝治

発行所　株式会社オーバーラップ
〒141-0031　東京都品川区西五反田 8-1-5

校正・DTP　株式会社鷗来堂

印刷・製本　大日本印刷株式会社

Printed in Japan ISBN 978-4-8240-0581-6 C0193